그렇게

안녕

# 그렇게 안녕

김 혀 인

장편소설

위즈덤하우스

**차례**

그렇게 안녕 / 7

작가의 말 / 229

프롤로그

이야기는 백화점 비상구 앞에서 시작되었다.

9층에 위치한 식당가 주방에서 불이 났다. 그때 두 사람은 브런치 뷔페가 자리한 7층에 있었다. 주말 점심시간, 식당들이 자리 잡은 7층부터 10층 사이엔 사람이 정말 많았다.

여유롭던 손님들은 화재경보 소리에 사색이 되어 우왕좌왕하기 시작했다. 손님들을 먼저 계단으로 대피시키라는 매니저의 말에 접시를 치우던 소우는 매장 곳곳을 뛰어다니기 시작했다.

가족 단위가 주로 예약하는 룸에서는 오작동이라고 생각한 사람들이 멀뚱멀뚱 앉아 있었기 때문에 방으로 일일이 찾아가 상황을 알리는 수밖에 없었다.

백화점 특성상 창문이 많지 않았고 사람들은 더 겁에 질린 느낌이었다. 멀리서 이제 직원들도 서둘러 대피하라는 외침이 들렸다. 비상구는 그야말로 아비규환이었다. 벌써 연기가 자욱하게 퍼져 있었고 위층에서 혼비백산으로 뛰어내려온 사람들이 이미 불이 8층까지 번지기 시작했다는 소식을 알렸다. 스프링클러가 고장 나 제대로 작동하지 않은 것 같았다.

최대한 차분히 차례를 기다리고 있던 사람들의 얼굴에는 점점 더 두려움이 번지기 시작했다. 다급한 마음에 사람들이 계단으로 몰렸다. 밀지 마세요. 계단에서 다치면 큰일이에요. 넘어지면 안 됩니다. 비명에 가까운 외침이 들려왔다.

그때 소우는 몇 겹으로 쌓인 인파의 가장 바깥쪽에 서 있었다. 밀집된 사람들과 조금 동떨어진 채로 그들의 뒷모습을 바라보고 있었다. 위험을 보태지 않으려는 마음이 아니었다. 이 상황이 무섭지 않은 것도 아니었다. 처음 맡아보는 짙은 연기 냄새에 숨이 턱 막히고 손이 떨려오기는 마찬가지였다. 하지만 격렬하게 삶의 의지를 가진 눈앞의 사람들과는 분명 다른 마음이었다.

아무 소리도 들리지 않는 영화 속 장면처럼 비현

실적인 느낌이었다. 그 풍경을 가만히 바라보다 고개를 돌렸을 때 누군가가 소우의 눈에 들어왔다. 주말에만 일하게 되었다고 아침 조례에서 인사를 했던 조리팀 여자애, 리호였다. 리호는 당황한 기색이었지만 팔을 축 내려놓은 채 몇 걸음 떨어져서 사람들을 바라보고 있었다. 나와 같은 생각을 하고 있구나. 소우는 단번에 깨달았다. 소우의 시선을 느끼고 리호가 고개를 돌렸다. 놀라 시선을 피하려는 소우에게 리호는 무언가 중얼거렸다. 소우가 제대로 듣지 못해 인상을 쓰자 조금은 더 커진 목소리가 돌아왔다.

"나 오늘 생일이야!"

이 재난과는 전혀 어울리지 않는 말이었다. 축하한다는 말을 해줘야 하나. 소우가 아무 말도 못하고 고개를 끄덕였다.

"너도 오늘 생일이지?"

리호가 말했다. 휴게실에 있는 직원 표에서 소우의 생일을 봤다고 했다.

"나이도 같던데. 그럼 우린 사주가 비슷하겠다, 그치? 근데 그럼 죽는 날도 같을 수 있는 걸까. 운명이 비슷하다면 말이야."

무슨 의미로 하는 말인지 몰라 소우는 그냥 듣고

만 있었다. 그런가, 정말.

 시야가 좋지 않습니다. 모두 고개를 숙이고 옆에 있는 사람들과 손을 잡으세요. 천천히 내려갑니다. 아시겠죠? 우리 모두 살 수 있습니다. 침착하세요. 그 말은 어쩐지 상황이 많이 좋지 않다는 뜻으로 들렸다. 빨리 가요. 사람들이 앞으로 몰려들었다.

 시야가 좁아져 제대로 볼 수 없었지만 마지막으로 남겨진 사람은 자신과 리호였다. 하지만 리호는 소우의 손을 잡을 생각이 없어 보였다. 확신할 수 있었다. 분명 그런 생각을 하는 것이다. 어쩌면 지금이라면, 어쩔 수 없이 죽을 수 있지 않을까 하는 생각.

 그 순간 소우는 손을 뻗어 리호의 손을 잡았다. 리호는 조금 놀라는 눈치였지만 소우의 손을 뿌리치지는 않았다. 소우는 리호의 손을 잡고 살아 나가려는 사람들 속으로 뛰어들었다.

 1층에 가까워질수록 사람들은 다시 이성을 되찾는 것 같았다. 한쪽 벽으로 붙어서 내려가달라는 말들이 뒤로 뒤로 전해지자 사람들은 두 명씩 벽으로 붙어 천천히 차례로 내려갔다. 비워진 편으로는 소방관들이 장비를 가지고 뛰어올랐다.

 조심하세요. 꼭 살아서 오세요. 고맙습니다. 내려

가던 사람들이 그들을 향해 외쳤다. 누군가는 울컥해 눈물을 흘리기도 했다. 꼭 살아서 내려갈 테니 걱정 말라고 한 소방관이 다정히 말했다. 그의 눈을 보고 소우는 잠시나마 죽을 생각을 했던 걸 후회했다.

꼭 살아야 하는 그런 삶을 살고 싶다고 생각했다. 그런 마음으로 리호의 손을 꼭 잡았다.

건물 밖으로 나가자 여러 대의 구급차 앞에 사람들이 가득했다. 구급대원들이 가벼운 찰과상부터 화상, 골절 등 상태로 사람들을 분류하며 체크했다. 연기를 조금 들이마신 것 외에는 문제가 없었기 때문에 병원 치료를 받겠냐는 물음에 괜찮다 대답하고 두 사람은 그곳을 빠져나왔다.

"아직 무서워?"

리호의 물음에 그제야 소우는 자신이 아직도 리호의 손을 잡고 있다는 것을 깨달았다.

"아, 미안. 그냥 놓지."

"너 무서울까 봐." 리호가 대답했다.

그 말에 소우는 리호의 손을 놓지 않은 채 계속 걸었고 리호 역시 이끌려 따라왔다.

두 사람은 시내에 있는 빵집으로 들어가 케이크 진열대 앞에 나란히 섰다. 이미 손이 흥건하게 젖을 정도로 걸어 내려온 후였다.

소우가 핸드폰 화면 속 쿠폰을 열었다. 아침에 여름밤 보육원 원장님으로부터 받은 것이었다.

"이거 하나 포장해주세요."

같은 모양은 아니었지만 가격이 같아서 크게 상관없었다.

급한 대로 빵집 앞 벤치에 케이크를 올려두고 초가 든 봉투를 뒤적였다. 꼭 초에 불을 붙이고 사진을 찍어 보내달라는 원장님의 부탁이 있었다.

"노래 불러줄까?"

리호가 물었다.

"아니."

"그럼 노래 불러줄래?"

그 말에 웃음이 날 뻔했지만 소우는 꾹 참았다. 그때는 웃는 게 왠지 조금 창피했다.

"아니."

"그래. 근데 너 왜 반말해?"

"너도 했잖아. 처음부터."

결국 소우는 웃음이 났다.

"동갑이고. 생일도 같고. 뭐, 파티도 했고."

두 사람은 함께 스물두 살 생일 파티를 했다. 편의

점에서 얻은 나무젓가락으로 케이크를 나눠 먹으면서 사실은 둘 다 케이크를 좋아하지 않는다는 이야기를 나눴다.

소원을 빌자며 리호가 눈을 꼭 감았다. 그런 리호를 보며 소우는 궁금해졌다. 소원을 빌 만큼 원하는 게 있으면서 왜 그런 표정으로 서 있었을까.

"너 소원 빌었어?"

"아니. 난 소원 없는데."

"안 돼. 빌어, 빨리."

"내 소원 그럼 너 줄게. 생일 선물로. 네가 원하는 일이 이루어지면 좋겠어."

그 말에 리호는 소우를 빤히 봤다.

"왜?"

"몰라. 넌 무슨 소원 빌었어?"

그날 리호는 무슨 소원을 빌었는지 말해주지 않았다. 소우는 리호의 소원이 궁금했다. 그게 리호에 대한 첫 감정이었다.

"내년에도 같이 생일 파티 할래, 우리?"

"또?"

"응."

소우는 처음으로 생일을 기다리게 되었다.

# 1

 

한번쯤 성수기 해수욕장 앞에서 살아보고 싶다고 리호는 종종 생각했다. 1년 중 가장 더운 시기, 파란 바다에 벌거벗은 몸을 내던지는 사람들 속에 섞여 있고 싶다고.

하와이풍으로 꾸며놓은 바에서 술에 취한 사람들이 원시인에 가까운 모습으로 춤을 추면서 술을 마셨다. 그 사이에 끼어들어 어깨와 다리, 팔, 엉덩이의 조화는 전혀 고려하지 않고 흔든 지 10분 만에 리호는 백기를 들었다. 역시 노는 것도 다 재능이야. 난 재능이 없어. 춤도 흥도 멋도 다 타고나야 하는 것이다.

지역 행사에서 기념으로 받은 것 같은 캘리포니아 티셔츠에 카고 반바지를 입고, 빠글빠글 파마머리를 한 동네 백수 여성은 화려한 관광객들 눈에는 보이지 않는 유령이나 다름없었다. 사람들은 리호에게 말은커녕 시비도 걸지 않았다.

슬리퍼 안쪽으로 밀려들어오는 모래를 세 걸음에 한 번씩 탁탁 털며 터덜터덜 걸어 집으로 향했다. 집 아래 편의점에서 네 캔을 묶어 파는 맥주를 사 들고 나오는데 테이블에 앉은 남자들이 리호의 눈에 들어왔다.

"담배 피우면 신고합니다."

리호의 경고에 남자들은 "아 죄송합니다" 하고 담배를 지져 끄며 술을 마저 마셨다. 생각보다 점잖은 태도에 리호는 꾸벅 인사를 하고 집으로 향했다.

음악은 펑크지. 불 꺼진 집 안에 노란 불을 켜두고 음악을 틀었다. 때가 지나도 한참 지나버린 펑크 밴드 음악을 틀고 리호는 춤을 추기 시작했다. 여전히 몸은 따로 놀았지만 상관없었다. 아무도 보지 않는 집 안에서 자유롭게 덩실덩실, 휙휙, 또 둠칫둠칫 정신없이 흔들었다. 사온 맥주 캔은 이미 다 비워져 테이블 위를 뒹굴었고 리호도 지쳐 바닥에 뒹굴었다. 마침 한 바퀴를 다 돈 리호의 플레이리스트도 마지막 곡의 끝반주를 마무리 지었다.

"조오타아. 조오오아아아!"

눈을 감고 말했다.

오늘 낮에 에스테틱을 받았던 터라 목 주변이 유난히 끈적였다. 한 잔에 1만 5천 원 하는 칵테일을 두 잔이나 마신 탓에 속이 메스꺼웠다. 틈틈이 인터넷으로 사댄 옷들은 포장을 뜯지도 않은 채 구석에 쌓아놓았고 저런 걸 누가 사나 했던, 21이나 30이 적힌 양주 몇 병은 좀 홀짝댔다고 바닥을 보였다. 좋다. 일을 시작한 열일곱부터 지금까지 일하지 않고 돈만 쓰는 삶을 얼마나 꿈꿨던가.

이렇게 사니까 좋네. 호강이다. 호강.

오늘처럼 완벽한 생일은 없었다. 생일 축하합니다. 리호가 노래 부르기 시작했다.

"사랑하는, 사랑해 마지않는, 생일 축하합니다!"

주정에 가까운 노래가 끝나자 집 안은 조용해졌다. 리호는 잠들지 않은 채 누워 있었다.

딴딴따 따란다— 저 멀리 익숙하고도 낯선 벨소리가 들려왔다. 〈우아한 유령〉. 이 음악은 소우의 전용 벨소리다.

리호는 드디어 자신이 잠에 들었다는 걸 알았다. 꿈이 시작되었다. 근 1년 동안 리호는 매일 꿈을 꾸었다. 처음엔 꿈속 상황에 휘둘리다 어버버 하고 깨기 일쑤였지만 이제는 아니다. 마음대로 움직일 수 있는 경지에 이르렀다. 리호는 기어서 짐 가방 안에 든 핸드폰을 꺼냈다. 화면에 '소우'라는 이름이 보였다.

"어."

리호가 태연하게 전화를 받았다.

―네?

소우의 목소리가 들려왔다. 살면서 리호가 가장 많이 들었을 전화 목소리는 소우일 것이다.

"왜 전화했어."

―부재중 전화가 와 있어서요. 누구시죠?

무슨 콘셉트인지 몰라도 꿈속의 소우는 평온하기 짝이 없었다. 남처럼 굴다 못해 퉁명스럽기까지 한 말투에 리호는 별로 말 섞고 싶지 않다고 생각했다.

"모르면 됐어."

―네? 뭐라고요?

리호가 머리를 짚었다. 이번 꿈은 유난히 몽롱한 느낌이 덜했다. 그래서 그런지 전화 너머 소우의 말들에 더 화가 났다.

"별 인간 아니라고. 생일날 기분 잡치지 말고 꺼져. 아, 맞네. 너도 생일이지. 축하해. 매년 생일날마다 기분을 엿같이 만들어줘서 정말 고맙다."

하, 전화기 너머로 한숨 소리가 들려왔다. 지가 뭔데 한숨을 쉬어. 진짜 어이가 없네. 리호는 점점 열이 받기 시작했다.

"어떻게 기일도 축하해줘?"

―뭐라고?

"그래. 치고받고 싸우기라도 하자. 나랑 완전 쫑내고 가. 그다음에 죽든가 해. 그러고 나서 죽!"

죽으라는 말은 술기운에도 너무 무서웠다.

"죽지 마. 너⋯⋯ 죽지 마라."

뚝. 리호는 전화를 끊고 엎드렸다.

"왜 전화하고 지랄이야."

리호는 흐느껴 울었다.


1년 전, 정확히 두 사람의 생일날부터 소우는 연락이 되지 않았다. 리호가 캐나다에 온 지 두 해가 넘어가는 시기였다. 예정대로라면 한국으로 돌아가야 했지만 리호는 1년 정도 더 캐나다에 머물고 싶었다. 소우는 리호의 말에 별 상관없다는 듯 알겠다고 대답했다. 그런 소우의 태도가 리호는 다행이면서도 서운했다.

한국에서 5년, 캐나다 시절까지 합치면 총 7년의 연애 기간. 점점 더 선명해질 줄 알았던 둘의 미래는 오히려 점점 더 흐릿해졌다. 이러다 헤어지게 되는 것이 아닌가 하는 생각이 들지 않았던 것은 아니지만, 그래도 서로밖에 없다는 확신이 있었다. 나중에 한국에 돌아와 그맘때의 소우에 대해 곰곰이 따져봤다. 소우는 확실히 이상했다.

"바빠?"

―어.

"뭐 하는데?"

―그냥 좀.

"내가 여기 더 있겠다고 해서 삐졌어?"

―아니. 괜찮다고 했잖아, 그건. 근데 나 이제 가봐야 해. 끊을게.

진짜 많이 바쁜가 아니면 삐진 게 맞는 건가. 리호는 스스로가 그런 걸 알아차리는데 조금 둔하다고 생각하는 편이었기 때문에 눈치를 보고 있는 중이었다. 남들 눈에는 몸이 멀어진 후 마음도 멀어지는 흐름처럼 보였을 수 있겠지만 리호의 행보는 어디까지나 둘을 위한 결정이었고 소우가 그걸 모를 리 없었다.

리호는 토론토 외곽에 위치한 부촌에서 사랑받는

반려견들의 털 관리사로 일한 지 2년 만에 목표금을 달성했다. 힘들었지만 일이 힘든 건 당연한 거고, '타국에서' '돈을 더 벌면서'라는 수식어를 달기로 한 이상 불평할 생각 따위는 없었기에 나름 괜찮았다. 그 관성 때문이었을까. 딱 1년만 더 벌어서 가면 소우와 뭐든 시작해볼 밑천을 만들 수 있을 것 같았다.

돈을 모아서 한국으로 돌아가면 소우와 작은 가게라도 하나 구하고 싶었다. 한쪽에서 리호가 애견 미용을 하고, 다른 한쪽에선 소우가 애견 스튜디오를 하면 되겠다는 뜬구름 같은 상상을 했었다.

서로 먹고살기 바빴던 터라 이런 상상까지 세세하게 주고받았던 것은 아니지만 그래도 미래를 위해 1년만 더 노력하자는 듯한 대화는 분명 나누었다. 그런데 소우가 뒤통수를 쳤다.

매년 7월 27일, 두 사람의 생일날. 소우는 리호에게 그날의 여름의 대삼각형(여름철 하늘에서 볼 수 있는 가장 반짝이는 세 별)을 찍어 선물하는 전통을 만들었다. 하지만 그해는 달랐다. 소우는 생일 축하한다는 리호의 문자에 답도 없었고 밤 9시에 전화하지도 않았다.

그전에도 전화가 안 되는 날은 몇 번 있었다. 소우

가 리호에게 괜히 차갑게 굴기도 했지만 생일날까지 연락이 되지 않는다는 것은 불길했다. 마지막 전화에서 좀처럼 하지 않던 '힘들다'는 말이 왜 그제야 신경이 쓰였는지, 이걸 두고두고 후회하게 될 줄은 몰랐다.

어쨌든 리호는 그 불길한 예감을 2주나 지난 뒤에 친구 지현의 연락을 통해 확인받을 수 있었다.

―리호야. 좀 많이 안 좋은 이야기인데……. 너 마음을 준비하고 듣는 게 좋을 것 같아.

그날, 토론토의 여름은 평온했다. 한국처럼 땀범벅이 되지 않는 건조한 날씨와 쨍하고 파란 하늘, 푸른 잎사귀들이 바람에 사삭사삭 부딪히는 소리가 들렸다. 호수마을 부촌의 상가, 뒷마당의 주차장, 바람과 날씨, 냄새까지. 리호는 지금도 그 순간을 생생하게 기억한다.

―네 남자친구 죽은 거 같아.

어떻게 한국에 왔는지 기억이 잘 나지 않는다. 캐나다에서 소우의 소식을 들은 이후로 한동안의 기억은 뜨문뜨문 떨어져 있는 것만 같았다.

커다란 캐리어 두 개를 지현의 집에 두고 리호가 가장 먼저 찾은 건 정군이었다. 정군은 유일하게 리호가 알고 있는 소우의 지인이었다. 리호가 아는 소우는 시설에서 자랐으며 다른 가족이 없었다. 학교를 다니지 않고 혼자 검정고시를 봤다는 이야기만 들었을 뿐 다른 어린 시절 이야기는 특별히 들은 적이 없었다. 한 직장에서 일을 오래 한 적도 몇 번 있기는 했지만 계속 연락하며 지내는 사람은 없는 눈치였다. 그런 소우가 이름을 꺼내며 설명해준 유일한 사람이 정군이었다.

둘은 마트에서 일하며 만난 사이라고 했다. 정군이 카메라를 가르쳐주면서 가까워졌고 둘이 가끔 만나 사진을 찍는다고 했다. 하지만 그마저 리호는 이름만 들어봤을 뿐, 정군을 만나본 적은 없었다. 리호는 그의 연락처를 몰랐다. 수소문 끝에 정군이 일하는 전자 상가의 매장에서 그를 만날 수 있었다.

정군은 소우의 죽음에 대해 알고 있었다. 사고가 난 날은 리호와 소우의 생일날이었다.

"소우가 확실해요?"

그러고 싶지 않았는데 리호는 자신도 모르게 다그치듯 물었다.

"경찰이 신원 확인했으니까 저한테 연락이 왔겠죠."

별 사진을 찍으러 자주 가던 천문대에서 소우는 죽었다. 사망 추정 시각은 27일, 생일날 저녁이었고 발견 시각은 다음 날 늦은 오후였다. 휴관 중인 천문대 건물 옆으로 등산로 입구가 나 있어 지나던 등산객이 소우를 발견한 것 같았다.

"왜 정군 씨한테 연락이 갔어요?"

"그건 저도 모르겠네요. 핸드폰에 제 연락처가 있었던 게 아닐까요."

"생일 이틀 전까지만 해도 저랑 연락을 했는데요."

"저야 모르죠. 뭐…… 지웠을 수도 있고요."

정군이 눈치를 보며 이야기했다.

"혹시 마지막으로 소우랑 연락할 때 뭐 좀 들은 거라도 있을까요?"

모든 것이 다 이상했지만 리호는 그런 걸 따질 수 있는 상태가 아니었다. 그저 이 상황을 파악하는 데 급급했다.

"소우가 죽기 사흘 전엔가, 전화가 오긴 했는데……."

"뭐라고 했어요?"

정군은 곤란하다는 듯 잠시 뜸을 들였다.

"그냥…… 가장 좋은 카메라가 뭔지 얼마에 구해 줄 수 있는지 물은 게 다였어요."

정군은 조금 망설이다가 이내 참지 못하고 말했다.

"그…… 사실은 마지막 전화할 때요."

"네."

"소우가 했던 말이 마지막 인사였던 거 같아요. 잘 살라고 했거든요. 그런 말 안 하는 타입이잖아요."

정군이 말끝을 흐렸다.

그게 소우의 죽음에 대해 리호가 알아낸 첫 번째 정보였다. 소우가 주변에 마지막 인사를 했다.

"그럼 그러고 나서 소우는 어떻게 된 거예요? 장례식이나 이런 것도 없었어요?"

"장례식은 없었다고 들었어요. 이후의 일은 형님이 해결하셨을 건데요. 소우 형은 만나보셨어요? 죽기 일주일 전쯤에, 몇 년 만에 형님 면회도 갔던 거 같더라고요. 그게 아마 좀 준비를 했던 게 아닌가 싶고……."

"누구요?"

리호가 벙찐 얼굴로 정군을 쳐다봤다. 소우는 가족이 없다고 말했고, 그건 리호에겐 너무 당연한 전제였다.

"모르세요? 형이 있는데. 교도소에 계셔서 연락이 좀 늦었나 봐요. 어쨌든 잠시 외출 나왔다고 하던데요. 형님이 그 뒤에 사망신고 하신 걸로 알아요."

리호의 다음 기억은 소우의 형이 있다는 교도소로 간 것이다. 뭘 위해 갔는지 뭘 하려고 갔는지 모르겠지만 그냥 뭐라도 하지 않으면 견딜 수가 없었다.

다행히 소우의 형은 소우가 만났던 여자친구라는 말에 면회를 수락해주었다.

임정우. 이름도 얼굴도 의심할 여지없이 소우와 닮아 있었다.

"제가 외국에 있어서 소식을 좀 늦게 들었는데요. 소우에게……. 아, 아니 우선, 처음 인사드려요. 소우 여자친구…… 차리호입니다. 형이 있는 줄은 몰랐는데……."

"네."

횡설수설 말하는 리호와 달리 그는 무미건조하게 대답했다. 하나 있는 가족을 얼마 전에 잃은 사람의 느낌은 없었다.

"소우는…… 어떻게 된 건가요. 갑자기 자살…… 이라뇨."

"죽은 거죠."

이미 알고 있는 사실이었는데도 리호는 정우의 말을 듣는 순간 가슴이 철렁 내려앉았다.

"확실한 건가요? 사실 전 지금 너무 당황스럽고 잘 이해가 안 가서요."

"뭐가 이해가 안 가요?"

정우는 되려 이해가 되지 않는다는 얼굴을 했다.

"뜬금없이 찾아와서 자기 없다 생각하고 살라고 이제 진짜 다 끊자고 그러던데. 싸가지 없는 새끼. 죽으면 어련히 없다고 생각할 텐데 굳이 그딴 소리는 왜 하러 와."

정우가 정군과 비슷한 이야기를 했다. 마지막 인사를 하러 왔다고.

"왜요? 왜 그랬대요?"

"모르죠. 딱 봐도 걔랑 제가 친한 사이는 아니잖아요."

"그게 다……예요?"

"그럼 뭐가 더 있겠어요. 여자친군지 뭔지, 죽었다는 걸 확인하러 온 거면 죽었다고요."

정우가 귀찮다는 듯 한숨을 푹 쉬었다.

"확실해요? 소우 맞아요?"

"네. 맞아요. 어떻게 증명할까요? 신원 확인하러 들어가서 다 봤어요, 얼굴. 임소우 맞고 죽었다고요. 몰랐나 본데 그 새끼 원래 우울한 새끼예요. 어려서도 물에 뛰어든 적 있어요."

그 말에 리호는 눈을 질끈 감았다. 어디서부터 어떻게 받아들여야 할지 도무지 정리가 되질 않았다.

"그럼…… 시신은…… 시신……."

리호는 말을 더듬었다. 소우가 죽고 처음으로. 소우를 시신이라고 불러야 하는 순간이 믿기지 않았다.

"어디 뿌릴 데도 없고 시간이 없어서. 내 소지품이랑 같이 있을 텐데 가져가려면 그렇게 하세요."

뜨문, 뜨문. 그다음의 기억은 싸구려 유골함에 든 소우를 들고 속초에 위치한 납골당에 서 있는 것이었다. 이 작은 상자가 소우라는 사실을 받아들이기까지 너무 힘들었지만 그렇다고 반박할 방법도 리호에게는 없었다. 리호는 우선 그곳에 소우를 두었다. 소우가 함께 살자고 했던 동네에서 가장 가까운 곳이었다.

우리 30대에는 해수욕장 앞에서 살자. 성수기에 숙소 예약을 안 해도 되고 집 창문으로 동해 바다 일출도 보는 거야. 어때, 좋지? 함께 그런 이야기를 주고받은 이후로 리호는 해수욕장 앞에 살고 싶다고 종종 생각했다. 그게 소우가 한 말이었는지 자신이 한 말이었는지도 모르게 생겨난 꿈이었다. 같은 나이, 같은 생일을 가진, 네가 난지 내가 넌지 모를 그런 연애를 했다. 아니, 했던가. 리호는 소우와 함께한 모든 시간을 부정당한 기분이었다. 소우는 리호를 뺀 모든 주변 사람들에게 인사를 하고 떠났다. 무엇보다도 그 사실을 가장 받아들이기 힘들었다. 왜, 도대체 왜 말 한마디 제대로 해주지 않았던 거야. 나한테만, 왜 나한테만.

30대가 되면 해수욕장 앞에서 살자던 소우는 스물아홉에 멈춘 채로 그 꿈을 이루었다. 소우가 죽고 리호는 할 수 있는 모든 일을 다 했다. 다른 말로는 이제 할 수 있는 일은 아무것도 없었다.

넋이 나간 채로 걸어 나온 리호는 파도를 멍하니 바라봤다. 몸이 부들부들 떨렸다. 바다는 쉬지도 않고 리호의 키를 훌쩍 넘는 파도를 계속해서 만들었다. 저 속으로 뛰어들어가면 어떻게 될까.

리호가 무언가에 홀린 듯 파도 속으로 들어갔다. 차가운 바닷물에 무릎이 저릿했다. 파도는 쉴 새 없이 리호를 쳤다. 밀어내는 것 같기도 끌어당기는 것 같기도 했다. 몇 번을 휘청거리다 결국 리호는 털썩 물 위로 엎어졌다. 커다란 파도가 리호의 머리를 덮었다 가라앉았다를 반복했다. 상체가 몇 번이고 꺾일 만큼 파도의 힘은 셌다. 죽을까. 이렇게 조금만 있으면 죽지 않을까. 그런 생각이 들었을 때, 리호는 죽음을 목전에 두고 기어서 파도를 빠져나왔다.

무서웠다. 죽는 건 무서운 일이었다. 왜 그랬을까. 이렇게 무서운 걸 소우는 왜 했을까.

리호는 모래에 엎드려 계속해서 헛구역질을 했다.

그제야 살면서 한 번도 겪어본 적 없는 고통이 명치 끝에서 점점 더 퍼지기 시작했다. 뜨거운 물건에 살을 덴 것처럼, 날이 선 칼을 꽉 쥔 것처럼 참을 수 없는 고통이었다. 배신감이 리호의 머릿속을 가득 채웠다. 어떻게 이렇게 버려. 다른 것도 아니고 날 버리고 가. 차라리 같이 죽자고 하든가. 죽고 싶다고 하든가.

"어떻게! 이렇게!"

리호가 모래에 엎어져 소리를 질렀다. 소우의 죽음은 리호에게는 온 세상의 배신이자 버림이었다. 죽여버릴 거야. 잡아서 죽일 거야. 이 배신자.

폐장 직후의 해수욕장은 비수기 시즌보다 더 어

수선한 모습이었다. 정돈되지 않은 모랫길을 리호는 쫄딱 젖은 채로 걸어갔다. 온몸에 들러붙은 모래에서 서걱서걱 소리가 났고 파래진 입술에서는 덜덜덜 소리가 났다.

정처 없이 떠돌던 리호를 이끈 건 '임대'라는 두 글자였다.

그렇게 리호는 해수욕장 앞 편의점 위층의 방에서 살기 시작했다. 이제 전 남자친구가 되어버린 임소우를 위해 모아둔 돈을 다 써버리기 전엔 이 동네를 떠나지 않는다. 그 마음만이 리호의 전부였다.

# 2

눈을 떴을 땐 소파 밑이었다.

아, 머리 아파. 리호는 인상을 잔뜩 찌푸리며 일어나 앉았다. 어젯밤 춤을 너무 정신없이 춰서인지 숙취 때문인지 아니면 잠결에 울어서인지 두통이 심했다. 아마 전부 다겠지.

배신자 주제에 뻔뻔하게 전화를 하다니. 리호는 꿈속에서 소우에게 전화가 왔던 것이 떠올라 괜히 핸드폰을 노려보았다.

현관에는 여전히 정리되지 않은 택배가 널브러져 있었다.

상자 안에는 1년 전, 리호가 미국에서 들고 왔던 캐리어와 그전에 두고 갔던 몇 가지 짐들이 차곡차곡 정리되어 있었다. 리호의 가장 친한 친구인 지현으로부터 온 것이었다. 며칠 전 지현은 아주 어렵게 리호에게 전화했다.

"결혼했구나. 축하해, 지현아."

지현은 리호를 결혼식에 초대하지 않았다. 가볍게 가족들만 부른 결혼식이었다고 말했지만 아마 리호에게 그래도 되는지 고민이 되었던 것 같았다.

리호는 "괜찮은데 부르지" 하고 최대한 밝은 목소리로 말했다.

—미안해. 이제 이사를 가야 해서.

지현이 점점 작아지는 목소리로 말했다.

"무슨 소리야. 안 버리고 가지고 있어준 게 고맙다, 야. 축의금 보낼게! 결혼식 못 가서 미안해. 멀어서 안 불렀지?"

—캐나다로는 다시 안 가는 거야?

"응. 딱히 가지 않아도 될 것 같아. 올 때 일도 관뒀고 이제 아마 비자도 끝났을걸."

그래그래, 리호야……. 지현의 입이 더 할 말이 없어 헤매었다.

한때는 가장 친한 친구였지만 이제는 멀어졌다. 교복을 벗은 지 10년이 흘렀고 두 사람의 처지도 많이 달라졌으니 당연했다. '강지' '차리' 하며 서로의 성을 붙여 장난치듯 부르던 애칭을 더는 부르지 않게 된 것처럼.

"지현아, 정말 고마워. 잘 살아. 내가 전화할게."

지현은 언제 리호가 있는 곳에 한번 오겠다고 했지만 리호는 정확한 주소를 말해주지 않고 "나중에 나중에" 하며 미뤘다. 소우와 리호의 사이를 아는 사람들에게 리호는 유족이라 부르기에도 애매한, 영원히 남겨진 여자친구가 되었고 리호에게는 아직 그 현실과 마주할 자력이 없었다. 리호는 웃으며 전화를 끊었다. 그게 지현을 더 멀어지게 했다는 걸 리호는 몰랐다. 아직 다른 사람들까지 돌아볼 정신이 없었다.

지현이 캐리어와 함께 보내준 작은 상자 안에는 리호의 여권과 핸드폰이 들어 있었다. 소우의 유골을 받아 들고 홀리듯 속초로 향하면서 두고 온 것이었다. 새로운 핸드폰을 만들어 연락을 했을 때 지현은 리호가 살아 있다는 것에 안심을 했다.

이렇게 잘 가지고 있었구나. 지현에게는 많은 신세를 졌다. 전부 갚을 길이 없지만 언젠가 꼭 갚아야지. 리호는 지현이 부친 택배를 보면서 다짐했다.

오랜만에 켠 핸드폰에는 아직 보지 못한 메시지

와 부재중 전화가 있었다. 대부분 은행이나 비자 관련된 것이었고 광고도 많았다.

소우만큼이나 리호의 주변에도 사람이 없었다. 소우가 있을 땐 소우로 충분했으니까. 모든 것이 소우 한 명으로 충분했다. 리호는 하나뿐이었던 즐겨찾기 연락처를 괜히 꾹 하고 눌러보았다. 귀에 핸드폰을 가져다 대자 없는 번호라는 안내음이 들리고 뚝 끊겼다. 없는 사람이 되었으니 없는 번호가 되었구나.

나쁜 새끼. 배신자. 우라질 놈.

결국 빈속에 테킬라를 들이킨 리호는 해가 지기도 전에 만취 상태에 도달했고 용기가 생기면 꼭 가려고 봐뒀던 광란의 바로 향했다. 결과적으로 멋지게 춤을 추지도 못하고 엄청난 숙취에 짐까지 치우지 못하게 되었다.

핸드폰은 괜히 꺼내가지고 그딴 꿈까지 다 꿨잖아. 리호가 전원을 끄려 다시 핸드폰을 들었다. 그리고 핸드폰 화면에서 어딘가 이상한 점을 발견했다.

최근 통화 21:00
소우 3분 14초

"뭐야. 이게."

잠이 확 깬 리호가 중얼거렸다.

"마스터, 귀신이랑 통화해본 적 있어?"

"그럼."

리호가 자주 가는 술집의 사장은 사회성 없는 90년대 밴드 기타리스트 같은 사람이었다. 코밑으로 전부 수염을 길렀고 머리가 길었다. 여름에 들어서는 바짝 당겨 묶은 당고머리 때문에 좀 더 활기차 보이는 면이 있었다.

그는 어느 날부터 휴일인 수요일을 빼고 주 6일 출근을 하듯 나타나는 리호에 대해서 이상하리만치 의문을 가지지 않았다. 어디서 왔냐든지 이사를 왔냐든지 하는 질문도 하지 않았다. 한 계절이 지날 때부터는 묻지도 않고 주고 싶은 술과 안주를 마음대로 주고 매일 1만 5천 원을 받았다. 그 대신 사람들의 눈에 잘 띄지 않는 구석자리에 리호를 앉혔다. 리호는 물 관리를 하는 것이냐고 따지고 싶었지만 그가 주는 안주와 술의 조합이 꽤 괜찮은 편이었기에 참았다.

"그래? 그렇단 말이지? 원래 살다 보면 다들 한번씩 하는 경험인가……. 누군데? 아는 귀신이었어?"

"응. 할아버지."

마스터가 무심하게 안주를 내려놓으며 별거 아니라는 듯 말하자 리호는 슬슬 진짜인가 싶어 심각한 얼굴을 했다.

"친? 외?"

"아니, 어려서 살던 아파트에 옆집 할아버지."

"왜 전화했는데?"

"자기 집 팔았냐고."

"무슨 집? 아파트?"

"응."

"그래서 뭐라고 했는데?"

"몰라요, 엄마한테 한번 물어볼게요, 했지. 그리고 엄마한테 얘기했더니 그 집이 올해 옆 동네로 이사를 가서 할아버지 제사를 거기서 지냈는데, 할아버지가 집이 없어져서 우리 집 인터폰으로 전화해서 물어봤나 보다고 하더라."

"허!"

리호가 흥분해 맥주를 벌컥벌컥 마셨다.

"꿈 아니고?"

"꿈이지."

"아 뭐야."

리호가 삐쭉 길게 굳었던 몸을 가라앉혔다.

"꿈은 전화까지만. 제사 얘기는 진짜야. 그 정도면 진짜 귀신이랑 통화한 거 아니야?"

마스터는 웃지도 않고 빈 땅콩 그릇을 든 채 돌아갔다.

혹시 소우가 제사를 지내달라고 그런 건가. 리호는 소우의 마음을 멋대로 넘겨짚으며 맥주를 마저 다 마셨다. 마스터는 한 잔 더 줄까 하는 표정으로 고개를 까딱했지만 리호는 됐다며 1만 5천 원을 자리에 올려두고 일어섰다.

"나 아무래도 술 줄여야 할 것 같아. 좀 이상해졌나 봐."

"그걸 알아차리다니 큰일이네. 우리 집 곧 망하겠다."

"내일 봐요."

여름이었지만 해가 지고 나니 바닷바람이 제법 서늘했다. 리호는 혹시 몰라 바지 주머니 안에 넣어두었던 핸드폰을 다시 꺼냈다. 통화 목록은 여전했다. 다시 걸어도 봤지만 없는 번호라는 기가 차는 멘트만 들려올 뿐이었다. 없는 번호인데 어떻게 지난밤에 전화를 한 건가. 도무지 이해할 수 없는 일이었다. 정말 유령이기라도 한 건가.

"난 우아한 유령이 될 거야."

어디선가 소우의 목소리가 들려오는 듯했다. 어느 날 가장 좋아하는 클래식 음악이라며 그 음악을 틀어놓고 진짜 유령이라도 된 양 살랑살랑 춤을 추었다. 유령이 뭔 해적왕이냐. 리호의 장난스런 대답에도 소우는 마치 곧 일어날 일처럼 말했다. 그니까 내가 죽어도 절대 울지 마. 난 평생 갖지 못했던 우아함을 죽어서 얻게 된 거니.

우아함이라는 말은 부잣집 아줌마들한테나 쓰는 것 아닌가. 고상하고 조급하지 않고 여유 있는 그런 삶이 살고 싶다는 말엔 조금 고개를 끄덕였다. 그런 삶은 리호도 한번쯤 살아보고 싶었으니까.

소우는 이미 유령이 될 줄 알았던 건가. 그때부터 정해져 있었던 걸까. 어디서부터 눈치채지 못했던 걸까. 소우의 죽음을 생각하면 늘 해결할 수 없는 꼬리들만 이어질 뿐이었다.

서로의 벨소리로 썼던 그 노래를 리호는 소우가 죽고 나서 한 번도 듣지 않았다. 그래서 도리어 더 선명했다. 꿈이라고 하기에는, 지난밤의 통화는 너무 진짜 같은 기억이었다. 진짜가 아니라면 이 통화 내역은 뭐란 말인가.

"죄송합니다. 혹시 이거 보이세요?"

맞은편에서 걸어오던 한 남자에게 리호는 대뜸 핸드폰 화면을 들이밀었다. 남자는 흠칫 놀라며 멈춰 섰다.

"네?"

"이 글씨 보이세요? 통화 내역……."

리호가 핸드폰 화면을 가리키며 한 번 더 물었다.

"아무것도 없는데요."

"예?"

얼빠진 반응에 남자는 리호를 미친 여자 보듯 하며 서둘러 자리를 피했다.

내가 이제 진짜 미쳐버린 건가. 아니면 잘못 얻어걸린 긴 꿈이 아직 깨지 않은 건가.

밤 9시. 집 식탁에 앉아 리호는 하얗게 질린 얼굴을 하고 다시 핸드폰을 내려다봤다. 〈우아한 유령〉이 울려 퍼지며 동시에 진동에 핸드폰이 부르르 부르르 떨었다. 화면에 적힌 이름이 분명, 정확히 '소우'였다.

잔뜩 긴장한 얼굴로 리호가 핸드폰을 들고 귀에 댔다.

"여……보세요?"

건너에서 부정할 수 없이 익숙한 목소리가 들려왔다.

―네. 저 임소우인데요.

리호는 이 모든 일이 꿈이 아니었다는 것을 깨닫게 되었다.

☆

소우가 이상한 여자와 전화를 하게 된 것은 처음이 아니었다. 시작은 꽤 오래전이었다. 아마 이번 전화도 그 여자가 맞을 것이다. 그땐 너무 정신이 없어서 바로 확신할 순 없었지만.

스물둘의 소우는 뷔페식 패밀리 레스토랑에서 일을 했다. 그저 다른 곳보다 시급이 조금 높아서였다. 딱히 할 일도 하고 싶은 일도 없었다. 고아원을 나온 이후로 살아가는 데 가장 필요한 것은 언제나 돈이었다.

소우의 일은 홀에 남겨진 접시를 눈치껏 치우는 것이었다. 밑 빠진 독에 물을 붓는 것같이 생겨나는 접시에 정신없이 시간이 가기는 해서 좋았다. 마침 그날은 소우의 생일이었다. 아침 일찍 보육원 원장님이 보낸 케이크 쿠폰을 받고 깨달았다. 손 선생님이 너 전해주라고 하시더라. 감사하다고 꼭 인사드려. 초에 불 붙여서 사진이라도 찍어 보내드리면 좋아하시겠다. 원장님은 쿠폰과 숙제를 함께 주셨다.

퇴근한 뒤 들르려고 근처 빵집 위치를 알아보고 있을 때 전화가 걸려왔다. 모르는 번호였다.

―소우야, 내려와! 나 도착했어. 백화점 1층이야!

"어?"

그 순간 "네"가 아니라 "어"라고 대답한 이유에 대해서는 나중에 돌이켜 생각해도 알아낼 수 없었다. 처음 듣는 목소리에서 익숙함이라도 느꼈던 걸까.

―KFC 앞에 있을게!

그 말을 끝으로 전화는 끊겼다. 평소 같으면 그냥 무시하고 지나쳤겠지만 그날은 이상하게 다시 걸고 싶다는 생각이 들었다. 무엇보다 소우가 일하는 건물 1층엔 정말로 KFC가 있었다.

하지만 다시 걸었을 때 없는 번호라는 멘트가 흘러나왔다. 신기한 일이었다. 귀신에 홀린 듯 소우가 건물 아래로 내려갔다. 소우가 일하던 곳은 7층 식당가였기 때문에 1층까지 에스컬레이터를 타고 내려가는 데만 10분이 걸렸다. 하지만 여자가 있겠다고 한 장소에는 아무도 없었다. 없는 번호로 거는 최신 장난 전화인가. 잠시 멍하니 서 있다 건물 안으로 다시 들어갔을 때 화재경보음이 크게 울렸다. 곧이어 9층에서 화재가 났으니 다들 천천히 건물 밖으로 대피하라는 안내 방송이 나왔다.

그다음으로 기억나는 전화는 3년이 지난 스물다섯 살의 생일이었다.

―생일날 잘하는 짓이다. 다리나 부러지고. 나 병원 앞이야.

몇 년의 시간이 흘렀기 때문에 소우는 그 여자일 것이라는 생각을 전혀 하지 못했다.

"누구세요."

―그건 무슨 컨셉이시죠?

장난스러운 목소리에 소우는 어이가 없었다.

"아니, 잘못……"

―네네. 잘못한 거 알면 됐어요.

소우의 말을 끝까지 듣지도 않고 전화가 뚝 끊겼다.

"뭐야."

거슬렸지만 한창 심부름센터에서 일하느라 바빴던 시기였으므로 어영부영 넘어갔다. 며칠이 지나서야 소우는 스물두 살 때 받았던 그 전화가 떠올랐다. 그리고.

그날도 자신의 생일이었다는 것을 뒤늦게 확인했다.

예사 전화가 아니라는 걸 확신하게 된 것은 그다음 해가 되어서였다. 정확히 1년 뒤 생일에 소우의 다리는 운명처럼 부러졌다.

'생일날 잘하는 짓이다. 다리나 부러지고.' 마치 저주 같았던 그 목소리가 기억 속에서 선명히 들려왔다. 지난해의 통화 기록에서 겨우 찾아내 또다시 전화를 걸었을 때도 없는 번호라는 안내가 흘러나왔다. 다음 생일에도 그 번호로 전화를 걸어봤지만 소용없었다.

다시 전화가 연결된 것은 그다음 해가 아닌, 또다시 2년이 흘러 스물일곱이 되던 해였다. 없는 번호라는 안내 대신 신호음이 들렸다. 새로운 사람이 번호를 개통한 건 아닐까. 괜스레 긴장이 됐다. 놀랍게도 같은 목소리의 여자였다. 여자는 이번엔 캐나다에 로키라는 태풍이 와서 비행기를 못 탔다는 말을 했다.

"저기요! 혹시 2년 전에 전화하셨던 분이죠? 도대체 누구세요?"

하는 상기된 소우의 질문에 여자는 "안 들려! 여기 난리 났다고!" 소리치고는 자기도 못 타서 속상하다는 영문 모를 말을 했다. 주변은 시끄러웠고 문맥상 공항인 것 같았다. 여자는 소우의 말을 제대로 듣지도 않고 짜증이 난다는 말만 반복하다 전화를 끊었다.

그리고 1년이 지나 스물여덟 살이 된 생일날에 소우는 정말로 캐나다에 로키라는 태풍이 와서 비행기가 다 결항됐다는 사실을 확인했다. 그 여자는 예언가일까. 이건 예지몽도 아니고 예지콜이야, 뭐야. 우연의 일치라고 하기에는 조금 이상한 경험이었다.

이번 생일, 아니 생일은 중요하지 않았다. 다른 일로 소우는 분주한 시간을 보내고 있었다. 남아 있는 짐들을 정리하다가 부재중 전화를 발견했을 때 잠시 망설였다. 다시 걸어볼까, 굳이 뭐 하러? 하지만 결국 통화 버튼을 누른 건 왜였을까.

이번 전화가 연결되었을 때 소우는 나름 차분한 태도로 임할 수 있었다. 하지만 여자의 목소리는 그간과는 달랐다. 술에 잔뜩 취해 알 수 없는 말만 중얼거렸다.

―어떻게 기일도 축하해줘?

여자가 말했다. 그 말엔 소우도 좀 당황스러웠다. 다시 통화를 하게 된다면 하고 싶은 말들을 정리해두었지만 아무 말도 꺼낼 수 없었다. 여자는 서럽게 울고 있었다.

다음 날 아침, 소우는 노트북 앞에 앉았다. 소우의

집은 정갈했다. 모든 옷가지를 깨끗하게 세탁해서 상자 안에 정리해놓았고, 사람이 살지 않는 것처럼 잡다한 물건도 들이지 않았다. 필요 없는 물건들은 지난주에 전부 버리고 아침은 급히 편의점에서 사온 음식들을 일회용 젓가락으로 대충 먹어치웠다.

'다른 세계 전화' '1년 시차를 가진 우주' '생일과 외계인', 이상한 검색어에 오만 가지 비주류의 영상이 이어졌다. 소우는 꽤나 진지한 표정으로 영상을 이것저것 확인했다. 정보의 홍수답게 어떤 건 엄두가 나지 않을 만큼 어려운 개념이 나왔고 어떤 건 말도 안 되는 소리를 진지하게도 했다.

지금의 복잡한 상황을 간단하게 정리할 필요가 있었다.

**1. 7년 전부터 생일에 이상한 여자에게 전화가 온다.**

**2. 9시. 항상 밤 9시 부근이었다.**

**3. 분명 '소우'라고 불렀다. 그녀의 말이 그대로 1년 뒤의 나에게 일어난다.**

'기일. 기일이라고 했다. 그 말대로라면 1년 뒤 내가 죽고 없다는 얘긴가.'

소우가 애매한 표정으로 노트북 화면을 바라봤다. 혹시나 하는 마음에 밤 9시가 되기를 기다렸다가 전화를 걸었다. 당연히 없는 번호라는 멘트가 나올 줄 알았는데 신호음이 이어졌다. 이내 그 여자가 전화를 받았다.

―평행……우주?

"제 추측은 그렇습니다."

소우가 생각하는 가장 유력한 이론이었다. 아무리 생각해도 평행우주가 아니면 설명이 되지 않았다.

"이전에도 그쪽이랑 전화를 몇 번 했던 것 같거든요."

―무슨…….

여자는 아무것도 인지하지 못하는 듯했다. 아무래도 그 세계엔 또 다른 임소우가 존재하는 것 같다고 소우는 짐작했다. 똑같은 임소우지만 다른 삶을 사는 평행우주 속 존재, 그리고 그에게는 여자친구가 있다. 물론 소우에게는 여자친구가 없었다.

소우는 이런 주장을 하는 스스로의 정신이 괜찮은 건지 슬슬 걱정되었다. 하지만 확인해야 한다. 이 호기심 때문에 소우는 꽤 중요한 일을 그만둔 터였다.

"거기 지금 2026년인가요? 여긴 2025년 7월 28일이거든요."

✩

리호는 해수욕장 옆 산책로를 달렸다. 슬리퍼 때문인지 아니면 깨어나지 않는 꿈이라 그런지 유난히 속도가 느리다고 느껴졌다.

—거기 지금 2026년인가요? 여긴 2025년 7월 28일이거든요.

리호는 핸드폰을 귀 옆에 붙인 채 아무 대답도 하지 않았다. 소우의 목소리를 한, 도깨빈지 귀신인지 좀비인지 모를 놈은 계속해서 말을 걸어왔다.

—어제 나한테 생일 축하한다고 했잖아요.

전화기 너머 소우는 자꾸 이상한 존댓말을 썼다. 말투만큼이나 이상한 그의 주장은 즉 자신이 다른 우주를 살고 있는 임소우라는 것이었다. 평행우주. 소우도 가끔 그런 이야기를 했었다.

"우리 눈에 보이지 않을 정도로 멀리, 저 멀리까지 가면 다른 우주에 우리가 또 있다는 사실을 아는가, 리호."

퇴근 후 소우의 무릎에 누운 리호에게 소우가 말했다.

"듣기만 해도 지겹다, 야."

무거워. 몸이 천근만근이야. 리호는 몸을 뒤척였다.

"우리랑 전혀 다른 삶을 살 수도 있다는 거야. 다른 환경에서 다른 모습으로."

다정하고 장난기 섞인 소우의 목소리를 라디오 삼아 잠이 들락 말락 한 기분에 눈을 감았다.

"뭐야, 그럼 우리가 아니잖아."

"그렇게 되나?"

하긴 네가 없으면 다 소용없겠다. 소우는 리호의 머리를 쓸어 넘겼다.

소우의 말이 갑자기 리호의 머릿속에 떠올랐다. 지금 이 낯선 소우를 설명할 길이 그것 말고는 없어서일까.

"28일요?"

그 말에 리호는 발을 멈추었다.

―네. 오늘요.

"2025년 7월 28일에 살아 있네요."

―그 우주에도 다른 제가, 임소우가 있다는 건가요?

건너편 세계인지 옆 동네 우주인지 모를 곳에서

소우의 목소리가 꿈처럼 들렸다.

"아뇨. 여긴 없어요. 죽었거든요."

2025년 7월 27일에 소우는 죽었다. 그러니까 2025년 7월 28일에 소우는 이 세상에 없는 사람이었다.

"받…… 받아……."

마스터는 숨이 차서 헥헥대는 리호를 바라봤다. 술을 따르던 마스터는 다소 당황한 눈치였지만 최대한 태연하게 전화를 받아 들었다. 그러고는 다시 리호에게 핸드폰을 돌려줬다.

"응. 지금 거신 전화는 없는 번호라는데."

"걸다니. 온 거야."

"아무튼."

리호가 다시 받아 든 전화를 확인했을 땐 어이가 없게도 없는 번호라는 안내 멘트가 나오고 있었다. 뭐야. 도대체. 귀신에 홀린 건가. 아니면 정말 머리가 어떻게 됐나. 리호가 멍 때리고 서 있자 마스터는 맥주를 가득 따라 리호에게 건넸다.

리호는 마스터가 건넨 맥주를 들고 자리로 가 앉았다. 전화는 끊겼고 마스터에게는 아무 해명도 하지 못한 채였다.

"자꾸 이상한 전화가 걸려와."

"그럼 받지 마. 안 받음 되잖아."

그 차갑고도 명쾌한 답에 리호는 수긍했다.

"그러게."

마스터는 리호가 가장 좋아하는 오징어구이를 가져다주고 멀쩡히 장사를 이어갔다.

리호는 혼란스러웠다.

4년 전에 소우가 다리를 다치긴 했었다. 리호가 캐나다로 가기 전 마지막 생일 파티였다. 있는 돈 없는 돈을 모아 겨우 예약했던 동해 숙소를 통으로 날렸던 그 기억이 리호의 머릿속에 떠올랐다. 사진을 찍으러 갔던 소우가 계단에서 넘어졌다는 소식을 듣고 리호는 놀라 병원으로 달려가며 소우에게 전화했다. 무슨 말을 했는지 정확히 기억나지 않지만, 그 사람의 말이 맞는 것도 같았다.

2년 전에도 마찬가지였다. 그맘때 큰마음을 먹고 토론토에서 서울로 소우를 보러 가려 했었다. 무리한 행동이었지만 그래도 생일은 함께하고 싶었다. 소우가 캐나다로 오기에는 묵을 곳도 마땅치 않았고 리호가 서울로 가는 게 훨씬 경제적이었다. 휴가 일정상 당일에 도착하는 것은 쉽지 않았고 결국 생일을 통으로 비행기에서 보내야 했지만 아주 싼 비행기표를 구할 수 있어 만족스러웠다. 하지만 결국 리호는 비행기를 타지 못했다. 큰마음 먹고 산 비행기표는 그해 북미를 관통한 태풍으로 결항되면서 의미가 없어졌다.

그러고 보니 그때 소우가 이상했다. 공항에서 돌아와 분을 삭이고 있을 때의 통화가 문득 떠올랐다. 소우는 뜬금없이 "어떻게 됐어? 일단 공항으로 갈까?" 하고 물었다. 리호가 "내가 못 간다고 했잖아. 결항됐다고!"라며 결국 울음을 터뜨렸을 때 소우는 바보같이 "언제 그런 말을 했어? 결항됐다고 말했다고?" 복장이 터지는 소리를 해댔다. 안 그래도 속상한데 자꾸 정신 빠진 소리나 하냐고 화냈는데. 이런 설마가 있었을 줄이야.

'그 전화를 다른 우주에 사는 소우가 받았다고?'

리호가 충격받은 표정으로 마스터를 바라봤다.

마스터는 별일 아니라는 듯 "그냥 꿈이야. 꿈" 하고 리호를 지나쳤다.

그래. 이쯤 되니 차라리 꿈이었으면 좋겠다.

# 3

 "복잡하면 일단 정리해. 1번, 2번……. 그렇게 써 내리다 보면 좀 괜찮아져." 별것 아닌 일에도 쉽게 정신을 차리지 못하는 리호를 보고 소우는 늘 그렇게 말했다. 그 잔소리를 먼 우주의 임소우에게 또 듣게 될 줄은 정말이지 꿈에도 몰랐다.

 다른 우주의 소우에게는 7년 사귄 여자친구도 갑작스러운 죽음도 없었지만 두 소우가 꽤나 가까운 존재라는 것은 확실했다. 몇몇 상황들은 달랐지만 다른 나라에서 키워진 쌍둥이처럼 결이 같달까.

 다시 복잡해지는 생각을 떨치고 리호가 노트북에 지난 일주일간의 전화를 정리하기 시작했다. 이렇게라도 해두지 않으면 환상인지 현실인지 헷갈려 미처버릴 것 같다고 생각해서였다. 설령 진짜 다른 우주의 똑같은 소우라고 하더라도 리호를 아는, 리호가 아는 소우는 아니다.

그래. 둘은 다른 사람이니까 이름부터 나눌 필요가 있었다. 임소우와 소우, 리호는 우선 두 사람을 그렇게 나누기로 했다. 일소우, 이소우로 나눌까도 생각해봤지만 그건 너무 복제 인간 같아서 기분이 나빴다. 성을 붙여 부르면 더 멀어진 느낌이 든다는 이유로 이 세계의 소우를 '소우', 그 세계의 소우 비슷한 그를 '임소우'라고 정리했다.

밤 9시만 되면 〈우아한 유령〉이 울린 지도 벌써 일주일이 지났다.

마스터는 귀신이든 뭐든 그냥 전화인데 안 받으면 되는 일이라고, 무시하면 그만이라고 했지만 리호는 결국 다음 날에도 전화를 받았다. 전원을 꺼버리면 될 텐데도 그러지 않았다. 그 이유에 대해서는 리호 스스로도 쉽게 설명할 수 없었다. 왜였을까.

7월 27일, 21시. 첫 번째 통화 3분 14초.
7월 28일, 21시. 두 번째 통화 30분 1ch……

중고 거래로 편의점 앞에서 헐값에 산 노트북은 자꾸 한영 키가 눌려 오타가 났다.

두 번째 통화를 30분이나 했던가. 혼이 빠져서 마스터에게 달려갈 정도의 시간까지 가늠해보면 그럴 수도 있을 것이다.

세 번째 통화를 이어나갈 때는 임소우도 리호도 어느 정도 이 상황을 받아들이고 이야기를 나눴다. 몇 가지 사실관계를 더 확인하고, 서로의 존재도 일단은 그렇다고 치고 넘어갔다.

—이 통신에는 규칙이 좀 있는 것 같아. 밤 9시. 생일. 일단 내가 찾은 것은 이 두 가지인데, 앞으로 계속 체크를 해봐야겠지만…….

임소우는 소우처럼 쓸데없는 규칙이나 때를 찾아내는 것도 좋아했다. 예전부터 소우는 지하철이 조금 밀리는 순서를 발견한다거나 집 앞 참새가 찾아오는 시간, 편의점에 빵이 들어오는 때를 기록해서 리호에게 알려주기도 했다. 그런 이야기를 할 때의 소우는 생기가 도는 것 같았다. 임소우의 경우에는 그런 생기 같은 것은 느껴지지 않았다.

어차피 임소우는 소우가 아니었고 그 세계에는 일단 임소우와 7년을 만난 차리호의 존재가 없어 보였다.

"근데 어느 순간부터 너 반말한다?"

리호가 아주 뒤늦게 그 사실을 인지하고 물었다.

—너도 하잖아. 뭐 어차피 동갑이고, 이런 전화로 존댓말하면 괜히 더 무서울까 싶어서.

피식. 리호는 소우와의 첫 만남이 생각나 웃었다.

리호가 소우와 처음 만났을 때의 일에 대해 이야기하자 임소우는 이제야 이해가 간다는 듯한 반응을 보였다.

—너 그다음 해 생일엔 KFC 앞에서 걔 기다렸지?

"어떻게 알아?"

—그날 네가 건 전화를 내가 받았으니까.

"그때부터 우리가 전화를 했단 말이야?"

오래된 일이라 기억은 잘 나지 않지만 전화를 한 번 더 했던 것 같기는 했다.

그날의 전화도 임소우가 받은 것이었다니. 리호는 신기했다. 혹시 그 일로 그 세계의 차리호와 만나지 않게 된 것인지 리호는 문득 궁금해졌다.

"혹시 그때 차리호라는 사람이 거기서 일하고 있었는지 기억나?"

—글쎄. 특별히 기억이 나지는 않는데.

그곳에 리호가 있는지는 아직 미지수였다. 이 두 세계는 비슷하면서도 달랐다. 일단 임소우와 소우의 성격이 달랐다. 섬세하고 다정한 성격이었던 소우와 달리 임소우는 좀 까칠한 타입이었다. 소우와 똑같은 목소리 때문에 울컥하는 순간들이 있었지만, 사포 같은 말투에 눈물이 쏙 들어가는 효과를 볼 수 있을 정도였다. 무심하다 못해 기운이 없어 보이는 태도에 도대체 이 전화를 왜 지속하나 하는 의문까지 들었다. 하지만 임소우는 매일 밤 9시가 되면 어김없이 전화를 걸었다.

임소우는 무엇보다 소우의 죽음에 대해 궁금해했다. 어쩌면 당연한 일이었다.

리호가 소우의 죽음에 대해 사실대로 이야기했을 때 임소우는 생각보다 크게 놀라지 않는 것 같았다. 오히려 더 놀라운 사실을 전했다.

"여름밤 천문대에서 일을 했다고?"

익숙한 이름에 리호가 당황하며 되물었다. 임소우는 1년 전쯤부터 그곳에서 경비 일을 했다고 대답했다.

—누가 좀 부탁해서 했어. 얼마 전에 그만뒀지만. 거기선 아니었어? 그 임소우는 무슨 일을 했는데?

"사진관에서 일했어."

―그럼 걘 거기 왜 간 건데?

"넌 여름의 대삼각형 안 좋아해? 여기 소우는 그게 엄청 잘 보이는 곳이라서 그 천문대를 좋아했거든."

소우 이야기를 조금 밝은 주제로 하고 싶었던 리호가 냉큼 말을 꺼냈다.

―아니. 그런 낭만 같은 건 없는데. 네 남자친구는 그랬어?

소우는 언젠가부터 천문대에서 찍은 여름의 대삼각형을 매년 생일에 보내주곤 했었다. 처음은 리호가 한창 일을 시작하고 정신이 없던 해였다.

"여름의 대삼각형이 뭔데. 뭔 피타고라스 같은 소리야."

"여름에만 딱 보이는 건데, 그거야. 견우랑 직녀 알지? 오작교에서 만나는 걔네 얘기."

"무슨 소릴 하는 거야, 도대체." 리호는 고개를 저었다.

"알타이르가 견우성이고 베타가 직녀성이야. 여름이 되면 이 둘 사이에 딱 은하수가 낀 것처럼 보이거든? 둘이 만나라고 까마귀랑 까치가 다리를 만들어줬다 해서 오작교라고 붙인 거지."

"까마귀 까치는 왜 그런 걸 하고 있대."

심드렁하게 대답했지만 리호도 나중에 이 이야기를 찾아보았다. 옷감 짜는 여자랑 농사짓는 남자가 서로 사랑을 했는데, 너무 가까워져서 일을 열심히 하지 않으니까 은하수로 둘 사이를 막아버렸다는 이야기였다.

"은하수는 방해물인데 이게 무슨 오작교라는 거야. 바보 진짜."

리호는 엉터리 정보를 가져온 소우를 구박했다.

"아닌데? 딱 봐봐. 은하수가 둘 사이를 막는 거 같아? 이어진 거 같지 않아?"

"딱 보긴 뭘 딱 봐. 애초에 까마귀 까치는 까만데 은하수는 하얗잖아."

아, 몰라 몰라. 나한테는 은하수가 다리야. 소우는 억지를 부렸다. 그래, 뭐. 우리끼리인데 그렇다고 한들 뭐가 문제겠냐. 리호도 키득키득 웃었다.

리호가 태풍으로 비행기를 타지 못했던 해에도 소우는 사진을 보냈다.

"사진 받았어? 은하수 엄청 잘 나왔지?"

"응. 네 말대로 기다란 은하수가 잘 나왔네. 얘네도 점점 멀어지나 봐. 네가 별들은 가만히 있는 것 같아도 점점 멀어지는 거라며. 우리가 딱 그짝이네."

리호가 괜히 미운 말로 심술을 놓을 때도 소우는 은하수는 나쁜 게 아니라고 하며 성을 냈다.

"멀어지는 게 아니고 이어진 게 중요한 거지. 아무리 멀어도 이어져 있으면 다 돼. 보고 싶으면 보고 싶다고 말을 해, 이 멍청아."

매년 사진을 선물받을 때마다 귀에 인이 박이게 은하수 이야기를 들으며, 그 별들은 리호에게도 여름이 왔는지 확인하는 방법이 되었다.

이제 보니 아무래도 소우가 틀렸고 리호가 맞았다. 가장 가까워 보였던 두 사람은 점점 더 멀어져 이제는 가장 먼 존재가 되었을지도 모른다.

─걘 여름을 좋아했나 보네. 난 여름을 싫어해.

"진짜? 생각보다 너네 다른 게 많다. 걘 여름을 진짜 좋아했거든."

─난 겨울이 좋은데.

여름을 유난히 싫어하는 리호와 달리 소우는 땀 한 방울 나지 않는 타입이었다. 대신 한겨울에는 옷을 다섯 겹이나 껴입어야 할 만큼 추위를 탔다.

가만히 있어봐. 가만히 있으면 하나도 안 더워. 소우는 할머니 입에서나 나올 법한 말을 하면서 얄밉게도 혼자서 건조한 여름을 보냈다. 리호가 소우를 괴롭히려고 일부러 소우를 껴안고 있어도 소우는 "네 손해지" 하면서 땀 흘리는 리호를 보고 웃었다. 그런 여름밤을 몇 번이고 함께 보냈다. 별거 아닌 것 같지만 리호의 전부였던 소우와의 시간들이 하나둘 떠올랐다.

"넌 왜 나한테 전화하는 거야?"

리호가 물었다. 리호는 죽어버린 전 남자친구의 다른 우주 버전이라는, 꽤나 복잡하고 애매한 사이가 반갑기도 신기하기도 무섭기도 했지만, 이 전화기 너머의 소우는 전화할 이유가 없어 보였다. 그 세계에는 있는지 없는지도 모를 여자에게 왜. 선뜻 대답이 돌아오지 않았다.

"네가 싫지 않다면 계속 전화해줄래? 재밌잖아. 살면서 이런 일이 어딨어."

리호는 괜히 더 장난스러운 목소리로 말했다.

—그래. 내일도 전화…….

뚝. 전화가 끊겼다. 이 통화에는 분명 정해진 시간

이 있는 것 같았다.

다음 날부터는 좀 더 일상의 대화들을 주고받았다. 두 사람은 틀린 그림 찾기라도 하듯 임소우와 소우의 취향을 맞춰보기 시작했다. 소우의 드림 카도 소우가 좋아하는 음악도 소우가 좋아하는 셔츠의 색깔도 리호는 다 알고 있었다. 리호에겐 당연한 것들이었고 어떤 면에선 소우보다 더 잘 아는 것도 많았다.

―그럼 가장 좋아하는 중국 음식이 뭐야?

임소우가 퀴즈를 내듯 물었다. 리호를 대하는 말투가 며칠 사이 많이 장난스러워졌다.

"중국 음식?"

―임소우가 제일 좋아하던 중국집 메뉴가 뭐였어?

"양장피."

―오, 입맛은 같네. 속초에 엄청난 맛집이 있다. 너도 가봐. 그럼 다음으로 카페 가면 무조건 시키는 음료는?

"아이스 핫초코."

―난 꼭 아이스 초코가 아니라 아이스 핫초코라고 하게 되더라. 고치려 해도 잘 안 돼.

"걔도 그랬어."

임소우의 말에 리호는 웃음이 나왔다.

리호는 다음 날, 임소우가 소개해준 중국집에서 양장피를 먹었다. 겨자 소스에 몇 번이고 코가 찡하게 매워졌다. 소우가 엄청 좋아했겠다 싶은 맛이었다.

리호는 거리로 나와 걸었다. 밤이 되자 해수욕장 근처에는 사람들이 더 북적였다. 대관람차의 불빛이 잘 보이는 벤치에 앉아서 리호는 임소우의 전화를 기다렸다. 불빛이 밝아 그런지 별은 잘 보이지 않았다.

"뭐, 나쁘지 않았어. 딱 임소우 입맛."

—아, 아니지. 거긴 나쁘지 않은 정도가 아닌데.

임소우는 리호의 반응이 영 만족스럽지 않은 듯했다.

—그럼 네가 인정하는 맛집은 어딘데?

이 동네에서 리호가 자주 가는 단골집은 '휘영청'이 전부였다.

"딱히 아는 맛집이 있지는 않은데……. 해수욕장 끝에 술집 있어. 거의 맨날 가기는 해."

—어? 나 거기 알아. 그 사장님이 기억나. 밥 말리 닮은 그런 느낌인데.

"스타일이 멋지진 않은데. 나쁜 사람은 아니야."

리호는 임소우가 마스터를 안다는 사실에 괜스레 웃음이 나왔다. 밥 말리라니, 얼른 달려가서 마스터를 놀려주고 싶었다.

지난 새벽 리호는 오랜만에 영화를 봤다. 어제 임소우와 영화에 대해 떠들다가 문득 다시 보고 싶어 틀어본 것이 벌써 세 시간이 지나 있었다. 소우가 가장 좋아하는 영화에는 좀비가 나왔다. 좀비로 가득해진 지구가 멸망하기 직전 한 군인이 아내를 찾아나서는 이야기였다. 처음에는 왜 보는지 도무지 이해할 수 없었던 징그러운 장면들도 오랜만에 다시 보니 시시했다. 심지어 엔딩 장면에선 뭉클한 감동까지 느껴졌다. 좀비가 된 아내를 껴안은 남편이 물리는 순간 웃으며 말하는 장면이었다. "이제 당신이 무슨 말을 하는지 들을 수 있겠네. 네 목소리가 들려, 로라. 나도 보고 싶었어."

소우는 그 장면을 좋아했는데 임소우는 주인공이 좀비 다섯의 머리를 한 번에 날려버리는 장면을 가장 좋아한다고 했다. 리호는 영화를 보다가 그게 생각나 혼자 웃었다.

7월 29일 21시. 세 번째 통화 27분 5초.

7월 30일 21시. 네 번째 통화 24분 27초.

7월 31일 21시. 다섯 번째 통화 23분 2초.

8월 1일 21시. 여섯 번째 통화 21분 47초.

정리하면서 알게 된 한 가지 사실은 통화 시간이 점점 짧아진다는 것이었다. 이렇게 점점 줄다가 언젠가는 끊기게 되는 걸까. 임소우에게 전화가 오면 그 사실을 가장 먼저 말해주고 싶었는데 그럴 수 없었다. 통화 시간이 점차 줄어든다는 리호의 추측은 곧 완전히 엇나가버렸다.

8월 3일 21시. 전화 오지 않음.

밤 9시가 지나도, 10시가 되어도 전화는 울리지 않았다.

끝?

설마 끝난 건가. 천년만년 이렇게 통화할 수 있다고 생각했던 것은 아니었지만, 그렇다고 이렇게 갑자기 사라지게 될 줄은 몰랐다.

"그럴 수도 있지, 뭐. 참나, 갑자기 없어지는 것도 닮았네."

리호는 애써 태연한 척 혼잣말했다.

# 4

 푸른 여름, 시원한 파도, 그런 건 여름인 척하는 6월의 속임수일 뿐이다. 자고로 진짜 여름은 7월의 장마가 끝난 후에 시작된다. 온몸을 무겁게 만드는 습도와 목욕탕 안에서나 불어올 것 같은 바람, 뜨겁다 못해 따가운 해가 건물까지 아이스크림처럼 녹여버릴 것 같은 기세를 부리는 것이다.

 주말이 아니었던지라 해수욕장엔 사람이 그리 많지 않았다. 평일에 휴가를 얻었거나 원래 평일이 휴일인 사람들이 모래사장 여기저기에서 여유를 누렸다.

 자신의 상체만 한 수박을 내려놓으며 리호는 소나무 그늘 아래 벤치에 앉았다. 동네 어르신들은 선캡을 쓰고 이 뙤약볕에도 근린생활시설 운동기구 위에서 열심히 움직였다. 허잇 허잇 남다른 기합에 괜스레 눈치가 보여 일어나 다시 집으로 향했다.

리호가 끙끙 계단을 오르는데 계단 옆 나무에선 전성기를 맞이한 매미들이 세상 떠나가라 소리를 질러댔다. 아우, 시끄러워. 리호는 잔뜩 인상을 쓴 채 뒤뚱뒤뚱 집 안으로 들어갔다.

턱 하고 수박을 내려놓자 조악한 접이식 플라스틱 테이블의 상판은 맥없이 위아래로 움직였다. 안 돼, 안 돼, 부서지면 큰일이야, 싸구려 물건을 물어줄 순 없어, 하는 마음으로 테이블을 붙잡았다.

마트에서 1만 3천 원, 1만 8천 원도 아닌 2만 3천 원짜리 제일 큰 수박을 샀다. 이번 생일엔 아직 수박을 먹지 못했기 때문이었다.

연애를 시작하고 처음 함께 맞이한 생일에도 두 사람은 빵집에 갔다. 생일인 사람이 두 명인데 작은 케이크 하나라도 있어야 할 것 같았다. 과일도 하나 올라가지 않은 생크림 케이크였는데도 가장 작은 사이즈가 2만 5천 원짜리였다. 한참을 고민하던 리호는 소우를 이끌고 밖으로 나왔다. 그리고 마트로 갔다.

"그럴 거면 수박을 사 먹지. 수박은 제일 비싼 게

2만 5천 원이야."

그날 두 사람은 제일 비싼 수박을 사 들고 신이 나서 집으로 향했다. 소우의 3평짜리 작은 자취방에 쪼그리고 앉아 수박 위에서 작게 노래를 불렀다. 그리고 이제부터 매년 생일에는 수박을 먹자고 약속했다.

"여름에 태어난 특혜야. 특혜."

리호를 만난 이후 소우의 삶엔 특혜가 많이 생겼다. 별거 아닌 것들이 둘만의 문화가 되고 금세 서로의 취향이 되었다. 이제 막 자라는 아이처럼 정해지지 않았던 것들이 하나둘 정해졌다.

공용 주방에서 가져온 숟가락으로 자취방 바닥이 흥건해지도록 수박을 먹었다. 종국엔 둘 다 배가 너무 불러 뒤로 몸을 젖히고 앉아야 했다. 볼록 튀어나온 서로의 배를 보고 두 사람은 낄낄 웃어댔다. 그리고 남은 돈으로 천원숍에서 산 커다란 돼지 저금통에 소원을 적어 넣었다. 서른이 넘으면 열어보자. 몇 개나 이루어졌나 세서 평생 수박 사기 내기를 하는 거야. 그런 약속을 주고받았다.

저금통은 지금 어디 있을까. 소우가 가지고 있었는데. 리호가 돌아와 받은 건 유골함이 전부였다.

"수박도 콜키지 비용 받아요?"

"술도 아니고. 외부 음식은 반입 금지야."

"누가 마스터 밥 말리 닮았대."

으하하. 리호가 깔깔 웃어대자 마스터는 "그냥 먹어라" 하고는 도망치듯 자리를 피했다.

"수박엔 무슨 술이 어울려?"

마스터는 예쁜 잔에 보드카를 따라 주었다.

"콜키지는 코르크값에서 유래된 말이라 수박에는 별로 어울리지 않는 말이다."

척척박사야 뭐야. 리호가 심드렁하게 고개를 끄덕였다.

"한 조각 해요."

리호가 집에서 가지고 내려온 빨간 수박 한 조각을 건넸다.

마스터는 리호의 말에 주방에서 자신의 잔을 테이블 위에 탁 내려놓았다.

"딱 한 잔만 마신다. 장사해야 돼."

마스터가 채워진 잔을 리호의 잔에 가볍게 치고 보드카를 원샷 한 다음 수박을 먹었다.

"잘 골랐네. 단걸로."

"그치? 제일 비싼 거야, 그거."

마스터는 감흥 없이 고개를 끄덕했다.
"이 보드카도 비싼 거야. 넌 세 잔까지야."

집에 돌아와서는 테이블에 멍하니 앉아 바다를 내다봤다. 바다에 시선을 둔 것뿐이었고 신경은 온통 다른 곳에 가 있었다. 아직 밤 9시가 되기까지 세 시간이나 남아 있었다. 만약 벨이 울리지 않는다면 이제 정말 이 기이한 통신이 끊어졌다는 것을 확인할 수 있을 것이다. 사실 소우도 아니지. 실제로 보면 소우랑 다르게 생겼을 수도 있어. 리호는 최대한 의연하게 굴었다.

장소의 특성 때문인지 정말 에어컨을 세게 틀어서인지 납골당 안은 냉기가 가득했다. 남은 수박을 싸 들고 리호는 오랜만에 이곳으로 왔다. 사실은 소우를 여기 둔 뒤로 처음이었다. 사진도 한 장 없어 소우의 자리를 찾는 데 꽤나 오랜 시간이 걸렸다. 드라마나 영화에 나오는 남겨진 사람들을 보면 납골당에 놓인 유골함 앞에서 마치 죽은 사람이 그 앞에 서 있기라도 한 듯 하고 싶은 말을 잘만 하던데 리호는 이상하게도 이 안에 있는 게 소우라는 생각이 도통 들지 않았다. 가로세로 40센티미터의 작은 칸, 유리로

막혀 손도 닿지 않는 유골함. 눈도 손도 없이 가루로만 남겨진 그것이 소우라고 도저히 여겨지지 않았다.

반찬통에 담은 수박을 소우의 자리 앞에 놓고 앉았다. 소우는 이제 없다. 어쩌면 리호는 그걸 가장 먼저 인정해야 할 것이다.

★

"안녕하세요."

1층에 주인집 아주머니가 나와 있었다.

"퇴근이야? 오늘은 좀 이르네!"

"네. 일이 일찍 끝나서요. 들어가세요." 소우가 꾸벅 인사하고 계단을 올랐다.

집으로 들어가자 식탁 위에는 낮에 사온 수박이 덩그러니 놓여 있었다. 아, 저거 무슨 생각으로 샀지. 소우는 난감한 얼굴을 했다. 혼자 사는 집에 둔 이 작은 냉장고에 넣기에는 굉장히 곤란한 크기였다.

일단 이 집에는 저 커다란 수박의 배를 가를 큰 칼도 없었다. 소우가 손바닥만 한 과도를 들고 한참을 서 있다, 일단 수박에 칼을 꽂아 넣었다. 할복이라도 하듯이. 그 상태로 360도 돌려 겨우 반으로 가를 수 있었다.

소우는 수박 반 통을 아랫집에 나눠주었다. 그래도 냉장고에는 안 들어가겠다 싶어 남은 수박을 저녁으로 먹었는데 아랫집 아주머니에게 죄송하게도 맛있는 수박은 아니었다.

소우는 오랜만에 집에서 나와 천문대로 향했다. 천문대 입구에서 고개를 들어보니 어느새 깜깜해진 하늘에 뜬 여름의 대삼각형이 진하게 눈에 들어왔다. 꼭짓점이 되는 '데네브' '알타이르' '베가'가 꼭 찍어둔 것처럼 눈에 들어왔다. 장마가 지나고 나면 유난히 더 도드라지게 보이는 별들이었다.

리호에게 말하진 못했지만 소우 역시 저 별들을 좋아했었다. 아주 오래전에. 어린이들에게 생일은 손꼽아 기다리는 특별한 날이지 않은가. 자신의 존재에 특별함을 느끼지 못하는 아이에게는 늘 갈증이 있었다. 왜 하필 그해 그 여름에 내가 태어났는지, 그 이유를 꼭 찾고 싶었다.

보육원에 자원봉사를 오는 손 선생님은 소우에게 천문학 책을 종종 선물했는데, 그 안에서 처음 발견한 이유가 바로 여름의 대삼각형이었다.

"제 생일에는 항상 가장 빛나는 여름의 대삼각형을 볼 수 있어요."

신이 난 소우를 손 선생님은 웃으며 격려했다.

"그래. 소우야. 별은 누구에게나 동등해. 누구나 볼 수 있어."

케이크 위의 촛불이 아닌, 저 멀리 반짝이는 별에 어린 소우는 소원을 빌었다. 엄마를 만나게 해주세요. 형이 착해지게 해주세요. 교복을 입을 나이가 될 때까지 소우의 소원은 어느 하나 이루어진 것이 없었다. 효력이 없다는 걸 알게 된 후로는 자연스레 별에도 관심이 사라졌다.

여전히 별을 좋아하고 여름의 대삼각형에 소원을 빌었던 스물아홉 살 그 세계의 임소우는 어떤 인간이었을까. 어떤 삶을 살았을까.

"소우 씨! 여긴 어쩐 일이에요?"

멀리서 익숙한 목소리가 들려왔다. 천문대 관장인 손부희였다.

"뭐 두고 간 짐이라도 있어요?"

"그냥 산책도 하고 별도 볼 겸 올라와봤어요."

"산책도 해요? 어쨌든 또 이렇게 보니까 반갑네요."

손 선생님 부부의 딸인 부희가 부모님을 따라 보육원에 오면서 두 사람은 처음 만났다. 그때 부희는 교복을 입은 학생이었고 소우는 열 살이 채 되지 않은 어린 아이였지만 부희는 항상 소우에게 존칭을 해줬다.

"소우 씨, 우리 천문대 이제 문 닫아요. 해설사님도 그만둔다 그래서 한동안은 문 닫을 것 같아요. 이제 당분간 챙길 사람이 없을 것 같아서 한번 보러 왔는데 잘 됐네요. 안 그래도 전화해보려 했거든요."

"무슨 일 있으세요?"

소우가 물었다.

"별건 아니고······. 소우 씨, 며칠 전 밤에 왔다 간 적 있어요?"

"저요? 아니요."

"그래? 아니, 나도 잘은 모르겠는데 자꾸 누가 새벽에 들어오는 것 같아서. 보안 벨이 자꾸 울리거든요. 그래서 오늘도 한번 와본 거예요."

부희가 불안한 표정을 지었다.

"제가 시간 되면 가끔 올라와서 살펴볼까요?"

"그래주면 고맙지만······. 이상하네. 소우 씨가 그런 말을 다 하고. 어디 갈 사람처럼 급하게 그만두더니."

부희가 의외라는 듯 웃었다.

"죄송해요. 그동안 신세 많이 졌는데."

"그럼 당분간만 좀 부탁할까요? 시간 날 때 한번씩

올라가서 건물만 들여다봐줘요."

"네. 그럴게요."

부희가 미소로 화답하고 차로 향했다.

사라지는 차의 뒷모습을 보며 잠시 멍해진 사이 밤 9시 알람이 울렸다.

☆

"뭐야!"

리호가 반가움을 숨기지 못하고 소리쳤다. 고작 하루였는데, 리호는 미처 전하지 못했던 소식들을 잔뜩 늘어놓았다.

―맞아. 나도 느끼고 있었어. 전화가 점점 짧아지는 것 같다고.

임소우가 말했다.

"근데 어제는 왜 안 됐던 걸까."

―글쎄. 뭔가 다른 점이 있었다면……. 아, 비인가?

"비?"

―응. 여긴 어제 비가 내렸어. 거긴 어땠어?

"여긴 안 왔는데."

리호가 노트북으로 작년 날씨를 살폈다. 1년 전 어제 속초에 비가 왔었다.

―아직 잘은 모르겠지만, 그동안과 다른 게 있다면 날씨 말고는 모르겠네. 한 번 더 같은 일이 있어야 확실하게 알 것 같아.

"그래. 그다음 주에 비가 또 내리니까 그때 확인해 보자."

리호가 말했다.

"근데 너 지금 어디야?"

―아, 나 지금 여름밤 천문대야.

임소우는 여름밤 천문대 옥상 위에 서 있었다.

"왜 거기 있어. 빨리 내려와."

리호는 괜히 겁을 내며 말했다.

―그런데 말이야. 자살은 확실해?

"갑자기 그게 무슨 말이야?"

―미안. 괜한 소릴 했나? 그냥 올라와서 보니까 궁금해서……. 여기서 떨어졌다면 사고일 수도 있잖아. 네가 전혀 몰랐다는 것도 이상하고.

"나도 그게 처음엔 안 믿겼는데, 주변에 마지막 인사까지 예의 바르게 다 하고 다닌 걸 보면 맞는 것 같아."

리호는 조금 차갑게 대답했다.

―마지막 인사?

"그래. 그 감옥에 있는 형한테까지 갔다 왔다던데."

― 거기도 그 인간이 있구나.

"네 생각은 어때? 네가 소우랑 이어진 것 같다고 했으니까 말해봐. 나랑 걘 7년을 만났어. 왜 나한테만 그랬을까. 내가 정말 아무것도 아니었나? 아님 무슨 사정이 있었을까? 아니, 그게 다가 아니지. 천문대에서 일했다는 것도, 형이 있다는 것도, 왜 나한테는 한마디를 안 했던 거야? 나한테 분명 자기 고아라고 아무도 없다고 했어, 걔. 그것도 첫 만남에."

리호가 따지듯 물었다. 배신자 소우가 저지르고 간 일들의 불똥이 자꾸 전화기 너머로 튀었다.

―이 입장에서 확인해줄 수 있는 건, 고아고 아무도 없다는 말은 맞아. 나머지는 잘 모르겠네. 형이야 어릴 때 말고는 남처럼 살았어. 위로가 될지는 모르겠지만 없다고 치고 싶기도 했을 거고. 알게 되면 실망할까 봐 걱정이었겠지. 그만큼 널 잃고 싶지 않아서라고 생각해도 될 것 같은데.

"그래. 그래도 잘 이해가 안 가. 난."

―생각해보면 다른 사람은 상관없는 거 아니야? 내가 양장피를 좋아한다는 걸, 아이스 초코를 아이스 핫초코라고 말한다는 걸 아는 사람이 여기 이 세상엔 없어. 네가 그만큼 가까운 존재였다면 네가 아닌 다른 사람들의 말은 다 중요하지 않을 수 있잖아. 죽기 전 인사 같은 게 있었다고 해도 그거야, 뭐, 그렇다고 생각하면 뭐든 그렇지. 오늘 이 전화를 끊을 때 안녕, 잘 있어, 이렇게 인사를 하면 마지막이라고 생각할 수 있겠지. 근데 네가 몰랐다면 그건 마지막 인사가 아니었을 거야.

"그래."

　―내가 감히 말해보자면 네가 임소우에 대해 제일 잘 아는 건 확실해.

　뭘 안다고. 그 멋없는 위로를 읽어서인지 리호의 기분도 조금은 누그러졌다.

　―너 괜찮아?

　임소우가 물었다.

"뭐가?"

　―아니. 그냥 네가 많이 힘들었을 것 같아서.

"아 뭐, 그야, 당연히 안 괜찮았지. 근데 지금은 뭐, 지금은……."

시종일관 높았던 리호의 목소리가 가라앉았다.
―응.
소우가 대답했다.
"안 괜찮아."
줄곧 그래왔어. 전혀 괜찮지가 않았어. 리호는 울음을 터뜨렸다.

# 5

 캐나다에 있을 때 리호의 기상 시간은 아침 6시였다. 리호가 일하는 애견 미용숍은 다른 지점보다 오픈 시간이 이른 곳이었다. 토론토 내에서도 고급 주택가에 있었고, 직장인이 아닌 경우도 더러 있었지만 시내로 나가는 직장인 고객도 적지 않았다. 그들이 출근길에 맡기고 간 아이들을 리호는 씻기고 빗기고 다듬어서 그들의 퇴근 시간까지 맡아주는 일을 했다. 추가 근무를 할 때도 있었지만 대부분의 근무 형태는 주 6일 일곱 시간이었다. 매주 월요일은 휴무였고 정해진 노동 시간도 있어 더 일을 하는 것은 어려웠다. 대신 퇴근 후에 한인들 매장에 전화를 돌려 일손이 모자라는 곳에서 단기로 일을 했다. 수입은 좀 적었지만 소득이 잡히지 않았다. 노동 시간을 넘기고도 조금 더 일을 할 수 있어 리호는 좋았다.

미친 듯이 일을 했다. 처음 보는 이국적인 풍경에도 크게 동요되지 않았다. 리호는 오로지 돈에만 붙잡히듯 사는 20대를 깔끔하게 청산하고 서른이 넘어서는 좀 여유롭게 살고 싶었다. 돈이 없으면 젊음도 다 소용없다. 하루에 여섯 시간 자고 평균 열 시간 일을 하고 출퇴근을 하는 두 시간을 빼면 리호의 20대는 총 몇 시간이었을까. 그 건조한 시간들을 모두 소우와 함께했다.

스물네 살부터 집에 보내야 하는 돈이 점점 더 많아지면서 리호는 돈을 더 벌어야 한다는 말을 입에 달고 살았다. 미용 학원을 수료하고 필요한 애견 미용사 자격증을 모두 취득하자마자 곧바로 작은 가게에 견습생으로 들어갔다. 소우는 리호가 일하는 주상복합건물에 새로운 알바를 구했다. 아르바이트생에게 싹싹함을 요구하는, 파이팅 넘치는 중국요리집이었는데 사실 소우의 성향과는 잘 맞지 않았다.

둘은 종종 비상구에서 만나 잡담을 나누며 서로를 의지했다. 그해 여름에도 비상구에 앉아 앞에 수박을 놓고, 고깔모자를 쓰고서 리호는 돈을 많이 벌게 해달라는 소원을 적었다.

"이렇게 잡고 있어봐."

리호가 양손으로 커다란 수박을 잡고 소우가 젓가락으로 낸 구멍에 초를 꽂아 불을 붙였다. 리호가 먼저 반창고가 둘둘 감긴 손으로 소원지를 저금통에 넣었다.

일을 시작하고 1년도 되지 않아 리호의 손은 가위에 찔리고, 강아지들의 입질까지 더해져 남아나지 않았다. 리호가 감당해야 하는 돈은 견습생 월급으로는 충분하지 않아 퇴근 후에는 가끔 알바도 해야 했다.

그때쯤 소우도 조금씩 분위기가 달라졌다. 가을에 소우는 리호를 매일 볼 수 없는 곳에 일자리를 구했고, 겨울이 넘어가고 나서는 서울로 올라갔다. 그 이후로도 둘은 매년 수박을 샀고 저금통에 소원지를 넣었지만 비상구에 앉아 서로를 보는 것만으로도 환하게 웃을 수 있는 그런 연애를 다시 할 순 없었다. 서로가 있어 잠깐 괜찮았고 종종 웃었지만 한편으로는 삶의 걱정들이 무겁게 자리 잡은 시간들이 흘렀다.

우아하게. 소우가 그토록 바라던 우아한 인간의 삶은 두 사람과 점점 더 멀어졌다. 소우가 점점 자신을 닮아간다는 생각이 들었을 때 리호는 마음이 무거웠다.

누구보다 싫어하는 자신의 모습이 소우에게 전염될까 걱정이었다. 리호는 늘 마음이 좁았다. 가장 친한 친구였던 지현이 대학을 졸업하고 취업으로 고민하며 리호에게 일찍 진로가 정해져서 좋겠다고 말한 것에 은근히 기분이 상했던 것도, 친구들이 배낭여행을 가서 찍은 SNS 사진을 보면서 괜찮은 척했지만 사실은 아니었던 것도 다 그 때문이었다.

그래, 우아함은 돈이구나. 돈에서 벗어나야 우리는 우아해질 수 있어, 소우야. 그 말이 소우를 질리게 했을까. 별을 좋아하는 남자친구는 리호를 배신하고 먼 우주를 향해 제 발로 뛰어내렸다. 어쩌면 그 배신감이 소우를 잃었다는 슬픔보다 더 컸을지도 모른다. '우리'라는 단어에 유일하게 이질감이 들지 않았던 리호의 가장 가까운 사람, 리호의 진짜 모습에 가장 가깝던 사람은 사실 죄다 거짓말이었고 사과도 없이 사라져버렸다.

리호가 속초에 온 뒤로 소우는 뻔뻔하게도 리호의 꿈에 매일 찾아왔다. 악몽이었다. 대부분 과거의 한 장면이거나 별거 아닌 일들이 벌어졌지만 지금 리호의 입장에서는 악몽으로 분류됐다.

지난밤에도 또 악몽을 꿨다. 이전의 꿈들과는 다른 끔찍한 악몽이었다. 리호는 소우의 등 뒤에 서 있었고 여름밤 천문대 위에서 소우가 뛰어내렸다. 물론 리호의 머릿속에서만 머물던 상상이었다.

"야!"

리호가 소리쳤지만 들리지 않는 건지 뒤돌아보지 않았다.

별을 바라보는 뒷모습. 미련이 전혀 없다는 듯 멈칫거리지 않고 하늘로 몸을 내던진다. 너무 생생한 꿈에 깨어나 앉아서도 리호는 화가 나 소리를 질렀다.

정말 그토록 후련하게 죽었을까? 리호는 소우의 죽음에 대해 아무것도 알지 못했다. 누구 하나 물어볼 사람도 없었지만 알아낼 자신이 없는 것도 맞았다.

인터넷에서 소우가 죽었다는 천문대와 사건을 조합해 검색했다. '여름밤 천문대 투신' '여름밤 천문대 자살' '여름밤 천문대 사고' 검색어를 다양하게 넣어봤지만 한 줄짜리 기사조차 난 것이 없었다.

여름밤 천문대에는 각종 별과 관련된 시시콜콜한 게시물들이 올라와 있었다. 인기 게시글은 리호도 아는 이야기였다. '울릉도의 밤하늘에서 다이아몬드를 선물할 수 있어요.'

캐나다에 있을 때 소우가 얘기해준 것이었다. 한국에 돌아오면 그곳에 여행 가자고 약속했었다. 그 뒤로도 소우에게 들었던 몇몇 이야기들이 더 보였다.

"죄다 여기서 본 거였잖아."

리호는 마지막 게시물에서 멈췄다.

'2025년 7월 27일 휴관합니다.'

장마를 먹고 늘어진 나무들이 산 전체에 우거져 있었다. 강렬한 햇빛을 피해 그늘만 찾아 뛰었던 해수욕장과는 달리 대낮에도 어쩐지 어두컴컴한 분위기였다.

분명 출발할 때만 해도 아무렇지 않았는데, 택시가 천문대 간판을 지나치자 손이 떨려오기 시작했다. 이내 온몸이 바들바들 떨렸다. 이렇게 즉흥적으로 찾아올 일이 아니었나.

여기서 소우가 죽었다. 함께 약속했던 미래도 그렇게 좋아하는 사진도 버리고 허공에 몸을 던져서. 리호는 차 창문 밖으로 지나가는, 낙차가 있는 모든 장소에서 소우가 뛰어내리는 환영이 보이는 것 같았다. 택시 안 라디오 소리가 점점 작아지면서 심장 소리가 점점 크게 들려왔다. 끔찍한 상상을 멈추기 위해 눈을 질끈 감은 채로 몇 분을 버티자 곧 차가 멈추는 느낌이 들었다. 택시 기사가 뭐라고 작게 말을 걸었지만 리호는 미처 듣지 못한 채 계산을 하고 내렸다.

미쳤다. 여길 뭐 하러 오겠다고 했지. 리호가 정신을 차리려 고개를 마구 흔들었다. 그 모습을 본 택시 기사는 창문을 올리고는 얼른 시동을 걸었다.

택시가 희뿌연 먼지를 내면서 산을 내려가는 동안 리호는 천문대 쪽으로 뒤돌지 못하고 택시의 뒤꽁무니만 보고 있었다.

구부러진 길로 몇 분 올라가자 건물 입구가 눈에 들어왔다. 그 앞에 놓인 커다란 안내문을 확인하고 리호는 맥이 탁 풀렸다.

문 닫은 거 같은데. 택시 기사가 중얼거린 말을 이제야 이해할 수 있었다.

소우의 일 때문인가. 주변이 지저분한 걸 보면 천문대가 운영되지 않은지는 좀 된 듯 보였다. 다른 세계에선 최근까지 임소우가 일을 했다고 했으니 그럴 가능성이 높았다.

딱히 할 수 있는 게 없어 몇 분 더 주변을 서성이다 결국 발길을 돌렸다.

사실 들어갈 수 있다 해도 크게 다를 건 없었다. 뭘 알아보겠다고 온 것은 아니었으니까. 한 번은 와 봐야 할 것 같다는 생각이 들었을 뿐이었다.

내려가는 길엔 당연하게도 택시가 잡히질 않았다. 아까 그 아저씨를 잡았어야 했는데. 후회했지만 소용없는 일이었다. 일단은 걸어서 내려가는 수밖에 없었다.

산속 곳곳에 드리워진 나무 그늘을 따라 걸었는데도 한여름 날씨에 얼굴이 금세 달아올랐다. 한참을 걸어 내려오자 다행히 몇몇 주택들 사이로 조그마한 버스 정류장이 보였다.

버스 중 한 대가 다행히 해수욕장 쪽으로 향하는 노선이었다. 다만 하루에 세 번만 다니고, 다음 버스는 두 시간 뒤에나 도착이었다. 그나마도 지켜질지 확신할 수 없었다. 근처에는 다섯 채가 안 되는 집이 다였고, 사람들이 올 만한 천문대도 이젠 문을 닫아 버렸다.

이 동네 사람들은 다들 차로 오가겠지. 밤이 되도록 버스가 오지 않으면 어느 집이든 찾아가서 사정을 이야기해야 하나 생각하던 순간이었다. 무언가 리호의 눈에 들어왔다. 정류장 맞은편 주택의 2층 창문 너머로 보이는 무언가가 눈에 익었다. 커다란 뿔이 달린 멍청한 얼굴의 사슴 인형. 저건 리호가 캐나다에 살 때 소우에게 보냈던 선물이었다. 비슷한 인형이겠거니 하고 넘어갈 수도 있었지만 리호는 왠지 확인해야만 할 것 같은 마음이 들었다. 홀린 듯 일어나 그쪽으로 향했다.

"그 2층 총각 아는 사람이라는 거죠? 아우, 참 잘됐다. 잘됐어."

낯선 이의 등장에 경계심 가득한 얼굴로 문을 열었던 아줌마는 리호가 소우에 대해 이야기하자 문을 활짝 열며 반가운 기색을 띠었다.

"그 사람 이름이 임소우 맞아요?"

"맞아요."

아줌마가 의아하다는 얼굴로 긍정했다.

그냥 감으로 무작정 벨을 누른 것인데 정말 소우의 이름이 나오자 오히려 당황스러웠다. 여기서 살았다고? 도대체 무슨 생각이었던 거야. 마지막으로 별이나 실컷 보겠다는 마음이었나. 이해가 되지 않았지만 일단 소우가 맞다는 말에 아줌마를 따라 대문 안으로 들어섰다.

"안 그래도 그 짐을 다 어쩌나 해서 내가 얼마나 고민이 많았나 몰라. 천문대에 가서 물어볼까 했는데 거기 문도 안 여는 거 같고……."

"천문대요?"

나 거기서 일했어. 임소우의 목소리가 리호의 귓가에 다시 맴돌았다.

"혹시 여기 사는 남자가 위쪽 천문대에서 경비 일을 했어요?"

"아는 사이라더니 몰랐어요? 가까운 사람 아니에요?"

설마 했는데. 이 망할 거짓말쟁이의 거짓말 목록에 커다란 거짓말이 또 하나 추가되었다.

해 질 녘이 되자 파라솔 아래에 모여 있던 사람들은 순식간에 사라지고 없었다. 오늘은 일요일이었던가. 리호는 시간개념이 사라진 지 오래였다. 다들 서울 방향으로 가는 고속도로에 줄지어 있겠구나.

마스터의 바 '휘영청'도 오늘은 조금 한산했다. 리호는 전용 구석 자리로 가서 앉았다.

"늦었다."

마스터가 와인을 한 잔 내주고 리호에게 물었다.

오픈 시간이면 득달같이 들어와 죽치고 앉아 있던 단골이 해가 다 진 후에야 찾아온 것이 이상한지 마스터는 쉽게 자리를 뜨지 않고 은근슬쩍 리호를 살폈다.

다른 우주에 있는 남자친구, 아니지. 그 남자친구랑은 다른 사람이기는 한데, 그러니까 만나던 남자친구가 죽었는데……. 어디서부터 설명을 해야 하는지 감도 오지 않는 복잡한 상황에 리호는 설명을 포기하고 와인만 마셨다.

"바빴어요. 어디 수영하다가 빠졌을까 봐 걱정했어요? 그렇다면 기쁜데?"

"좀 이상해야지."

"절대 안 죽어, 난. 그건 배신하는 짓이야."

"그럼 다행이네."

"자살은 배신이지."

리호가 읊조렸다.

"누가 너 배신했냐."

"응."

"잊어버려. 나쁜 사람이네."

"응."

마스터는 테이블에 치즈 플레이트를 마저 올려줬다.

와인 한 병을 다 비우고 집으로 걸어가면서 리호

는 다 잊어야 한다고 스스로에게 되뇌었다. 더 파고들수록 리호의 인생만 엉망진창이 될 뿐이었다. 한번 알게 된 사실은 머릿속에서 지우지도 못하고 리호의 평생에 남겨질 테니까.

리호는 일찍 집으로 들어가 임소우의 전화를 기다렸다. 이제 이 이상한 접선을 그만두자고 말할 참이었다. 잠시 소파에 앉아 눈을 감고 있는 사이 리호를 놀리는 듯한 벨 소리가 들려왔다.

"이제 전화하지 마. 앞으로 전화하지 마."

―취했어?

임소우는 혀가 꼬부라진 리호의 발음을 눈치챈 듯했다. 그 말투와 태도가 너무나 소우 같아서 리호는 마음이 다시 먹먹해졌다.

어차피 다시 똑같은 결말이었다. 소우는 여전히 빌어먹을 배신자였고 리호는 또다시 그 사실로부터 도망쳤고 술에 취한 채 집 거실에 누워 있다. 전화기 너머 약간은 상기된 그 목소리가 리호는 미웠다. 소우가 아닌데. 얘는 진짜 소우가 아닌데 지금 이 원망을 풀어낼 데가 없었다.

"너도 여름밤 천문대 아래 정류장 맞은편 이층집에서 살아?"

―뭐야. 어떻게 알았어?

"임소우, 걔 거기서 일했대. 너처럼 말이야."

잠시 침묵이 이어졌다.

"아주 바빴더라. 나 몰래 천문대 경비도 하고 블로그도 다 네가 쓴 거지? 갑자기 전화로 별이 어쩌고저쩌고 잡학 지식이 늘어날 때 알아봤어야 했는데."

―그건 나 아니야. 무슨 경비가 그런 일을 하냐. 그건 거기 해설사님이 쓰는 거야.

"나야 모르지. 내가 뭘 아냐. 나한테 제대로 알려준 게 있기나 해?"

―미안해.

임소우의 목소리에 리호가 고개를 푹 숙였다.

"네가 왜 사과해. 내가 해야지."

―걘 진짜 왜 그랬대.

"네가 알지 내가 아냐."

아, 몰라 몰라. 리호가 머리를 헝클었다.

리호의 기억은 거기까지였다.

통화 시간은 23분. 뜨문뜨문 임소우와 계속해서 대화를 나눈 것 같은데 필름이 완전 끊겨버렸다. 아침에 일어난 리호는 머리를 부여잡고 괴로워했다.

리호는 도망치듯 내일 오겠다며 벗어났던 산 아래 소우의 집으로 다시 돌아갔다. 아줌마는 안심하는 얼굴로 리호를 맞이했다. 어제는 급한 일이 있었어요, 하는 리호의 변명도 크게 신경 쓰지 않는 것 같았다.

"누구 하나 짐 찾으러 오는 사람도 없고, 사람은 죽었다는데, 받아둔 보증금도 있고 그렇다고 중간에 세를 주기도 뭐하고, 물건도 못 버리고, 나는 진짜 속이 시끄러웠다니까."

"짐 안 버리고 가지고 계셔주셔서 감사해요. 여긴 제가 8월까지 다 치울게요."

리호가 사뭇 점잖게 인사하자 아주머니도 키를 넘겨주고는 집으로 내려갔다.

"나쁜 새끼."

여기서 살았단 말이지. 진짜, 어이가 없네. 리호는 낯선 소우의 집, 아니 집이라기엔 너무 작은, 방이라는 말이 더 어울릴 만한 그 공간으로 들어섰다. 오래된 주택 옆면에 붙은 녹슨 철제 계단으로 오르면 나오는 옥탑도 뭣도 아닌, 박공 지붕이 천장 모양 그대로인 그 작은 방으로.

몸 누일 작은 접이식 간이침대 옆으로 뜨내기라는 걸 증명하듯 짐 상자들이 쌓여 있고, 벽에는 소우가 찍은 별 사진이 가득했다. 촌스러운 식탁 위에는 소우가 좋아하는 카메라가 놓여 있었다. 리호는 카메라를 보자 울컥 마음이 올라왔다. 소우가 죽고 난 후로 처음 보고 듣는 낯선 소식들 속에서 아주 오랜만에 자신이 아는 소우를 만난 것 같은 기분이 들었다.

모든 물건의 자리를 정해두는 소우의 방임은 틀림없었다. 하물며 면봉과 치약도 각자의 자리가 확실했던 그였다.

방 안이 무척 더웠다. 리호가 먼지가 뽀얗게 앉은 선풍기를 틀었다. 거짓말쟁이의 집을 탐색할 시간이었다. 리호를 인도했던 창문에 붙어 달랑이는 인형의 뽁뽁이를 떼어 들었다. 빨간 티셔츠에 'Toronto'라고 적혀 있었다. 발치에 놓인 상자의 뚜껑을 열어보니 리호가 사줬거나 골라준 옷들이 차곡차곡 개어져 있었다.

리호는 소우의 집을 아주 세밀히 들여다봤다. 소우가 살아 있었다면 뭘 그렇게까지 확인해, 보지 마, 하면서 자신의 짐을 숨겼을 것이다. 하지만 죽은 자에게 챙겨줄 그런 인권 같은 건 없었다.

집은 소우가 절대 용납하지 못했을 먼지가 잔뜩

쌓인 상태였다. 그래도 뭐 하나 흐트러지지 않은 채로 정리되어 있었고, 세탁기 안에 해결되지 못한 채 남겨진 빨래가 있었다. 그럴 사람이 아닌데, 조금 이상했다.

리호의 허리까지밖에 오지 않는 작은 냉장고에 작년 7월과 8월의 시간표가 붙어 있었다. 근무일을 비롯한 일정들이 소우의 필체로 체크되어 있었다. 리호는 앉아서 그 시간표를 찬찬히 들여다봤다.

매일매일 일정을 정리하고 적는 건 소우의 오래된 습관이다. 메모를 할 때는 꼭 그것을 적은 날짜를 함께 남겼다. 언제 해둔 것인지 알면 나중에 상황이 바뀌더라도 이해하기 쉬워서라고 했다.

* 8월 1일 장마 끝 이불 빨래. (7.26.)
* 8월 4일 날씨 맑음 황소자리 촬영. (7.26.)

죽기 전날 날짜로 두 개의 메모가 있었다. 스스로 죽음을 택할 만큼 내몰렸는데, 설령 그럴 수 있다 하더라도, 뭔가 이상했다. 리호가 아는 소우는 즉흥과는 아주 거리가 먼 사람이었다. 지난밤 임소우의 목소리가 어렴풋이 스쳐갔다.

―네가 제일 잘 알잖아. 너를 두고 죽을 것 같아? 자살이 아니었을 거야. 그랬을 리 없어.

하나둘 이상하다는 생각이 점점 더 강해졌다. 자살이라는 사인은 애초에 어떻게 정해진 것이었을까. 뭘 보고 타살이 아니라고 결론짓게 되었을까. 소우가 죽고 한 달이 다 지나서야 한국에 온 리호에겐 아무런 정보도 없었다.

# 6

"누구요?"

눈에 보이는 대로 붙잡은 남자는 확실히 형사라는 느낌이 들었다. 표정이 그랬다.

"임소우요. 남자. 스물아홉 살입니다. 작년에 죽었는데 자살이라고 들었거든요. 근데 그때 어떤 상황이었는지, 어떻게 처리가 된 건지 제가 좀 열람할 수 있을까요?"

근처에서 가장 큰 경찰서로 찾아간 리호는 미리 핸드폰으로 적어가며 준비한 정돈된 멘트로 차분하게 물었다. 효과가 있을지는 모르겠지만 흐트러진 머리도 바짝 올려 묶었고 튼 입술에 옅은 립스틱도 바른 상태였다. 한없이 풀어두고 살았던 동공에도 인위

적으로 힘을 주고 총기를 만들려 애쓰는 중이었다.

"가족도 아니고요? 안 되죠."

"다름없어요. 여자친구거든요."

"네. 다른 말로는 가족이 아니라 지인이겠네요."

형사가 다시 가던 길을 가려 하자 리호는 조급해졌다.

"아니, 가족이에요, 진짜. 여름밤 천문대에서 작년 7월 27일에 떨어져 죽은 남자 사건이 왜 자살로 종결된 것인지만 알려주시면 된다니까요."

형사는 잠시 멈춰 서서 자신을 따라오는 리호를 바라보더니 날카롭게 물었다.

"왜 이제야 그걸 확인합니까? 1년이나 지났는데."

형사는 예민하게 굴었다. 분명 리호를 필요 이상으로 경계하고 있는 느낌이었다.

"혹시…… 남 형사가 보냈어요?"

"누구요?"

리호가 되묻자 "아니면 됐어요. 돌아가보세요" 하고 손사래를 쳤다. 마음이 급해지자 리호는 남자를 붙잡고 주절주절 이야기했다.

"아뇨. 제 남자친구가 한국에서 죽었는데 제가 그때 외국에 있어서 잘 몰랐어요. 걔가 가족이 없어요.

아니, 실은 있대요. 형이 있긴 있는데 감옥에 있어서 잘 모르는 것 같아요. 너무 갑자기 죽었다니까요. 제가 확인해보니까 다 이상해요. 다음 주에 뭐 할지를 전날에 다 적어놨는데……. 자살이 아닌 거 같아요, 이거. 걔가 절대 그럴 애가 아닌데 세탁기 안에 세탁물이 있었어요. 아무리 죽고 싶어도 그걸 그렇게 두고 죽지 않았을 거 같아요. 거기다…….”

그러자 형사는 날카롭게 뜬 눈에 힘을 풀었다. 그리고 약간은 동정 섞인 눈빛으로 자신을 붙잡은 리호의 손을 살짝 잡아주고는 말했다.

“잘은 모르겠지만 제가 일을 하면서 자살 사건을 보다 보면요, 선생님. 한 시간 뒤에 점심 약속을 잡고도 사람은 갑자기 죽더라고요. 마음은 알겠지만 산 사람은 그냥 잊고 사는 수밖에 없어요. 이런 말씀밖에 못 드려서 미안합니다.”

형사는 리호의 손을 잡은 채로 떼어내고 몇 번 손등을 토닥이더니 떠났다.

사건 기록은 가족 동의하에만 확인할 수 있었고, 정우를 만나 부탁하는 수밖에 없었다.

하는 수 없이 경찰서에서 나온 리호는 다시 소우의 집으로 향했다. 구치소 면회를 신청하면 족히 2~3일은 걸릴 것이고, 그사이에 뭐라도 더 확인해보고 싶었다.

별것 아닌 살림이었지만 작은 짐 상자부터 하나하나 다 털어 확인하는 데만 여섯 시간이 걸렸다.

그렇지만 그 안에서 나온 모든 흔적엔 특별한 것이 없었다. 탐정 드라마를 보면 기어코 뭐 하나는 찾아내던데 역시나 현실은 달랐다.

소우의 물건들을 보면서 리호는 어이가 없었다. 죄다 천원숍에서 산 것처럼 제대로 된 살림이 하나도 없었다.

리호가 사줬던 냄비나 함께 골랐던 컵, 큰마음 먹고 중고로 구한 의자도 다 어디 갖다 버렸는지 전부 일회용품 같은 것뿐이었다. 눈에 익은 물건이라고는 처음 이 집에 들어왔을 때 봤던 소우의 카메라가 유일했다. 배터리가 다 된 상태라 충전기를 찾아 충전을 시켜봤지만 켜지지도 않았다. 속초 시내에 있는 사진관은 전부 고칠 수 없다고 했고 서울에 가지고 가보라는 말뿐이었다. 결국 뭐가 찍혔는지도 모르는 카메라와 함께 리호는 해수욕장으로 다시 돌아왔다.

"하루 종일 삽질한 기분이야. 파면 팔수록 진만 빠지고……. 알아낼 수 있는 게 없네."

"맥주냐, 소주냐."

마스터가 물었다.

"섞자."

"그러다 또 필름 끊긴다."

"그게 원하는 바요."

이제 좀 술이 주나 했더니. 마스터는 막국수를 말아서 리호의 소주병 옆에 두었다.

"계란이 두 개네. 사랑인가."

"아량이다."

"고맙습니다."

리호는 마스터의 아량 덕분에 움직일 수 있을 만큼 충전을 하고 집으로 향할 수 있었다.

임소우의 말대로 정말 비가 맞는 걸까. 오늘도 전화가 오지 않았다.

1년 만에 온 서울은 작년과는 너무 달라 보였다. 건물이 이렇게 높았나. 속초에도 고층 빌딩과 아파트가 즐비하지만 서울은 그 밀도와 공기의 차원이 달랐다. 사람도 차도, 눈에 보이는 것이 너무 많았고 그 많은 것들은 한데 빠르게 움직였다.

연애를 한 지 2년쯤 지났을 때 소우가 먼저 서울에 집을 구했다. 서울은 넓었고 둘은 집을 구할 때 뭘 봐야 하는지도 모르는 나이였다. 소우는 지하철역에서 제법 먼 오르막길 중턱의 건물 반지하에 방을 구했다. 오로지 집세만 보고 고른 집이었다. 속초에 있는 소우의 집만 한 사이즈의 작은 방이었다. 5평 남짓한 공간에 주방과 화장실이 모두 들어간, 방 같기도 집 같기도 한 곳.

얼마 지나지 않아 리호도 소우를 따라 상경했다. 그때는 서울이 그렇게 재미있는 도시일 수가 없었다. 시장 골목에서 떡볶이만 먹어도, 한강 둔치에 앉아 과자만 한 봉지 나눠도 재미있었다. 장마 때면 천장에서 떨어지는 물을 양동이에 받쳐두고 선풍기 아래서 엉겨서 자던 습한 나날들도 그때는 그냥 다 즐거웠다.

하지만 스물여섯 살이 넘을 무렵부터는 달랐다. 비가 오는 날, 아무리 틀어막아도 새어 들어오는 빗물처럼 더 이상 모른 척할 수 없는 일이었다. 소우와 리호는 한쪽 벽이 곰팡이로 뒤덮인 그 집을 나와야만 했다.

소우는 언젠가 리호의 가게를 차려주겠다고 모으던 적금을 깨서 다른 집을 구했다. 이사하던 날, 소우는 리호가 처음 보는 얼굴을 하고 있었다. 지친 것 같기도 질린 것 같기도 했다. 그날 이후 소우는 공사 현장에서 일을 배우기 시작했다.

"이제 별 사진은 안 찍어? 사진관에서 일을 하고 싶어 했잖아."

카메라를 배우고 싶어 하는 줄 알았는데. 리호는 소우의 변화가 못내 신경 쓰였다.

"지금 배워서 뭐 해. 나중에, 나중에 돈 많이 벌면 그때 배우지 뭐."

소우는 말했다.

그맘때쯤 리호도 일이 바빠졌다. 새로운 숍에 들어가면서 이전보다 월급이 훨씬 많아졌고 근무 시간도 늘어났다. 대부분의 데이트는 소우의 집에서 했다. 퇴근하고 집에서 만나 강아지 털과 시멘트 가루를 묻힌 채로 야식을 시켜 먹는 것이 일상의 전부였다. 비슷한 생활이 반복되면서 풀어대는 푸념도 비슷해졌다. 어쨌든 경제적으로는 이전보다 훨씬 나았다.

하지만 나이를 한 살 한 살 먹을수록 '이 정도만 되어도 좋겠다'는 기준은 점점 더 높아져만 갔고 그

속도를 맞추기란 쉽지 않았다.

만일 그때 만족했었다면 캐나다에 가지 않았을까. 그 생각은 멈추려 해도 멈춰지지 않고 하루에 수십 번씩 리호를 괴롭혔다. 그랬다면 소우는 죽지 않았을까.

반짝이는 서울의 모습이 마치 그때의 두 사람 같아서 리호는 서둘러 시선을 거두었다.

"아, 더워."

서울의 빌딩 숲에서 리호는 한 시간 만에 가진 체력의 대부분을 소모했다. 역시 도시의 여름은 차원이 달랐다. 사방이 가로막힌 시야에 숨도 잘 쉬어지지 않는 느낌이 들었다.

전자 상가 거리, 구석에 있는 커피숍은 10평 남짓한 규모에도 기어코 네 개의 테이블 자리를 만들어 냈다. 다닥다닥 붙은 테이블에서 리호는 정군을 만나 카메라를 건넸다.

"오랜만입니다."

정군이 리호에게 인사를 건넸다. 초면에 실례가 많았지만 정군은 항상 친절했다. 여러모로 꼬인 데 없고 좋은 사람 같다고 리호는 생각했다. 별 의미 없는 안부 인사를 몇 분 주고받았다.

"소우는 속초에 있어요."

대뜸 나온 리호의 말에 정군은 조금 당황한 얼굴을 했다. "뭐가 속초에 있어요?" 정군은 조금 긴장한 투로 물었다. 자신의 말에 오해의 여지가 있다는 걸 깨닫고 리호가 정정했다.

"아, 소우 유골이요. 속초 납골당에 있다구요."

"아, 그렇죠. 유골."

정군이 경계를 풀고 고개를 끄덕였다. 나름 깔끔하게 하고 온다고 왔는데 제정신이 아닌 것처럼 보이나. 리호가 괜히 옷매무새를 가다듬었다.

정군은 카메라를 이리저리 확인해보았다.

"사무실로 가지고 가서 좀 더 봐야 할 것 같아요. 사진이 있으면 파일을 메일로 보내드릴까요?"

"그래주시면 고맙죠. 수리비 낼게요."

리호는 지갑을 꺼냈지만 정군은 한사코 거절했다.

"이런 거야 뭐. 아무것도 아니에요."

정군은 소우가 죽었다는 소식을 듣고 리호에게 연락하지 못한 것이 계속 마음에 걸렸던 듯했다.

"그때 연락을 제가 드렸어야 했는데."

"연락처도 없었잖아요, 우리."

"소우가 마지막에 별말이 없어서 혹시 헤어졌나 했어요. 여자친구 있는 거 알았는데 제가 말이라도 꺼냈다면 경찰이 연락을 했겠죠."

"이제 와서 뭐 그런 걸 신경 써요. 캐나다에 있던 제가 잘못했죠."

"사실 마지막으로 연락 왔던 것이 줄곧 마음에 걸렸어요. 제가 그때 술 한잔하자고 무슨 일 있냐고 물었으면 좀 달랐을까 하고요."

죽은 사람의 친구와 여자친구로 처음 만난 두 사람은 모두 소우의 죽음에 죄책감을 가진 채로 벗어나지 못하고 있었다.

"정군 씨, 만약에요. 만약에 소우가 자살이 아니면요?"

"네?"

"아니, 만약에요. 아닐 수도 있잖아요."

"지금 그래서 이 카메라 고치시는 거예요?"

"네."

리호의 대답을 들은 정군의 표정이 복잡해졌다.

"그럼 왜 소우가 죽었다고 생각하시는 거예요? 설마 누가…… 소우를 죽였다는 말씀이세요?"

"모르겠어요. 그래서 확인해보려고요."

"혹시 그 형사님 때문이에요?"

"그게 무슨 말이에요?"

"며칠 전에 어떤 형사님이 전화하셔서 소우에 대해 이것저것 물었거든요."

형사님, 형사님……. 리호는 경찰서에 찾아갔을 때부터 내내 마음에 걸렸던 '남 형사'가 불쑥 떠올랐다.

"그 형사님 전화번호 줄 수 있어요?"

리호가 정군에게서 번호를 받아 일어섰다. 아직 소우의 죽음에 의문을 가지고 있는 형사가 있을지 모른다.

"얼른 가보세요. 저도 언제 한번 소우 보러 가야겠네요." 정군의 말에 리호가 끄덕였다.

정군과 헤어진 리호는 지하철을 타고 의정부로 향했다. 역에서 내려 택시로 10분. 이전에 한 번 와봤다고 가는 길이 어렵지 않았다.

1년 만에 찾은 정우는 바라지도 않았지만 역시나 반가워하는 얼굴이 아니었다. 리호도 그가 보고 싶어서 온 것은 아니었다.

최대한 밝게 이야기를 시작하려는데 정우의 입에서 대뜸 모르는 이름이 튀어나왔다.

"그쪽이 정아현입니까?"

"네?"

"아니에요?"

"아닌데요."

그럼 됐어요, 하고 퉁명스럽게 대꾸한 정우가 자리에서 일어나려 했다. 뭐지. 리호는 무슨 상황인지 이해가 되지 않았지만 일단 정우를 붙잡았다.

"잠시만요. 소우 사건 기록 좀 볼 수 있게 동의해 주세요. 가족이 아니면 안 된대요. 조금만 볼게요."

"싫은데요."

정우는 한층 공격적인 태도로 말했다.

"나 이제 곧 출소예요. 혹시 시끄러운 일 생길까 봐 나온 거예요. 그쪽 정아현 아니라면서요. 그럼 나도 볼일 없어."

"아니, 정아현이 누군데요?"

"임소우 애인."

"뭐…… 뭐라고요?"

리호가 벙찐 얼굴로 정우를 봤다.

"어떤 형사가 찾아와 그러던데. 정아현이 임소우 애인이라고."

그 순간 리호의 머릿속이 새하얘졌다.

# 7

"죽어도 다시 볼 일 없다더니."

정우가 눈을 치켜떴다.

다른 우주에 있는 내가 죽기 전에 형을 만나러 간다고 하길래 와봤다고 말할 수 없어 소우는 그냥 형을 바라봤다.

정우와 소우는 많이 닮았지만 미묘하게 눈매가 달랐다. 둥근 눈을 한 정우와 달리 소우의 눈은 그 끝이 빼쪽하게 올라간 날카로운 모양이었다. 그 이유는 소우의 눈이 엄마를 닮았기 때문이었다. 둘은 다른 엄마에게서 태어나 같은 날 버려졌다.

정우의 아빠와 소우의 엄마는 불륜 관계였고, 정우의 친모는 정우를 두고 집을 나갔다. 이후 자연스레 소우의 엄마가 집으로 들어왔고 얼마 지나지 않아 소우가 태어났다. 하지만 이내 부부는 서로에게 흥미를 잃었다. 두 사람의 이혼으로 두 아이는 고아원에 버려졌다.

"돈 구해 왔냐."

"동생 취급도 안 해주면서 돈은 맨날 왜 나한테 달래."

"뭐, 임마?"

쾅! 정우가 유리창을 쳤다. 아마 이 유리창이 없었다면 벌써 멱살을 잡고 흔들었을 것이다. "앉아!" 교도관의 제지하는 목소리에 정우는 마지못해 자리에 앉았지만 여전히 소우를 노려보고 있었다.

"내가 형이 나오면 나 때릴까 봐, 그게 무서워서 그동안 합의금에 보석금까지 줬는지 알아? 이제 내가 덩치도 더 커. 그런 것도 모르지? 그러니까 자꾸 겁줄 생각하지 말고 제발 잘 좀 살아."

"얼씨구."

정우가 어이없다는 듯 임소우를 바라봤다.

"보석금 넣어줄 테니까, 갚아. 그리고 형이라도 이제 안 참아."

"네가 뭐 어쩔 건데."

"열받게 하면 죽도록 팰 거야. 나도 이제."

"미친놈⋯⋯. 너 내가 우습냐?"

"우습지."

"뭐 이 새끼야!"

한때는 죽이고 싶을 만큼 형이 미웠다. 형에게 전화가 오면 늘 어딘가에 잡혀 있었고 돌아오는 말은 오직 돈 얘기였다. 하지만 형은 어쩌면 엄마보다는 더 나은 사람일지도 모른다. 몇 년 전 뜬금없이 찾아온 엄마는 뻔뻔하게도 돈을 빌려달라고 했다. 얼굴도 보지 않고 전화 한 통으로 돈을 빌린 다음 또다시 사라졌다. 나중에 알게 된 사실이지만 엄마는 떠돌던 곳에서 범죄에 연루되었다가 실종 상태로 수배 중이라고 했다. 그 우주의 소우라고 이런 가족에 대해 여자친구에게 말할 수 있었을까. 왜 가족이 없다고 했을지 소우는 누구보다 이해했다.

"처음 가출했을 때 일주일 만에 나 찾아온 거 기억해?"

정우는 중학교 2학년 때 처음 보육원을 가출했다. 그러더니 어느 날 밤에 동생을 찾아왔다.

"나 인천에 있으니까 연락하면 죽어."

"어디로 연락해?"

자다 일어나 끌려 나온 어린 소우는 형이 발로 찬

다리를 어루만졌다.

"연락하면 죽는다고! 나 중국집에서 일하는 거 여기다가 말하면 진짜 죽을 때까지 패러 올 거야!"

그 이후로도 줄곧 그랬다. 죽일 거야. 패버릴 거야. 그러면서도 정우는 자기가 어디에서 뭘 하고 있는지 굳이 찾아와 알렸다. 죽여버린다더니. 어려서는 형이 너무 무서웠지만 나중에 나이가 들어서 돌이켜보니 그 역시 그냥 상처받은 채로 자라지 못한 미성숙한 인간일 뿐이었다.

"동생 취급도 안 해주면서 어딨는지는 왜 맨날 얘기해? 아니다, 나 생각 바뀌었어. 나 이제 보석금 안 넣어. 돈 없어, 나도. 죄지은 만큼 벌 다 받고 나와. 나와서 연락해."

나와서 연락해, 그 말엔 정우가 아무 대답도 하지 않았다. 달라진 것은 아무것도 없는데도 신기하게 어쩐지 조금 나아진 느낌이었다. 소우는 그게 딱히 기분 나쁘지 않았다.

도착 시간을 넉넉하게 잡았는데 차가 막히는 바람에 버스에서 내리자마자 겨우 리호의 전화를 받을 수 있었다.

"여보세요? 거봐. 비 맞지."

─정아현이 누구야?

대뜸 리호가 물었다.

"정아현? 여름밤 천문대 해설사님인데? 갑자기 그건 왜?"

─그 사람이랑 무슨 사인데?

"그게 무슨 소리야? 나 일하던 곳 해설사님이었다니까?"

─아, 별거 아닌 것 같아. 아무것도 아니야.

리호는 정신이 없어 보였다.

"오늘 무슨 일 있었어?"

리호의 목소리가 좋지 않았다. 차리호 씨, 전화기 너머로 어떤 남자의 목소리가 들렸다.

─누구세요?

저는 전주 경찰서 형사 남다름입니다. 지금 혹시 잠깐 이야기 가능하신가요? 남자의 목소리를 마지막으로 전화가 끊겼다. 무슨 일이지. 왜 형사가 리호를 찾아온 거지? 소우는 괜히 불안한 마음이 들었다.

✩

 남다름 형사는 자신의 업에 딱히 어울리지 않는 외양의 사내였다. 길쭉하게 키가 크고 어수룩하고 허여멀건했다. 그는 리호의 집 앞에 서서 그녀를 기다리고 있었다.

"드디어 만났네요, 우리."

리호는 드디어 올 것이 왔다는 마음이었다.

"제가 올 줄 아셨나 봐요."

"다들 차리호 씨를 아는데 저만 아직 못 만나봐서요. 궁금했습니다."

"뭐가 궁금했는데요?"

"차리호 씨, 임소우 씨와 연인 관계셨죠?"

"그렇게 봐주시니 감사하네요."

둘 사이로 날이 선 말투가 오갔다.

"혹시 정아현 씨에 대해서도 알고 계셨나요?"

그 이름이 또 나왔다. 정아현.

"아니요. 전혀 몰라요. 저를 찾아오신 이유가 뭔가요?"

"쭉 지켜봤고 공범일 가능성이 낮다고 생각해서요."

"공범이라뇨?"

장르가 점점 이상해지고 있었다.

"작년 여름 정아현 씨가 사라졌어요."

편의점 앞 테이블에 다름과 마주 앉은 리호는 다름이 건넨 태블릿 PC의 화면을 빠르게 넘겼다. 정아현, 32세, 여성, 여름밤 천문대 별자리 프로그램 해설사. 사실상 소우와 둘이서 이 천문대 관리 업무를 모두 함께 했던 인물로 가장 마지막에 소우를 본 사람일 확률이 높았다. 다름은 지금 실종된 아현을 찾고 있다고 했다.

"마지막으로 정아현 씨와 연락을 주고받은 지인의 말로는 정아현 씨가 일하는 곳에서 알게 된 남자를 좋아하게 됐다고 했답니다. 소중한 존재가 생겨 그 사람이랑 곧 떠날 거라는 말도 했고요."

"그게 소우라는 말씀이세요?"

"최근에 일하면서 만났다고 하니까요. 그렇게 치면 유일합니다."

특별한 혐의점이 있는 상황이 아니라면 보통 성인이 사라진 일에 대해서는 실종이란 말을 붙이지 않는다. 대부분은 자의로 사라진 경우이기 때문이었다.

아현도 마찬가지였다. 갑작스럽긴 했지만 천문대 관장에게 그만두겠다는 연락을 분명히 남기고 사라졌으니 엄연히 따지면 실종은 아니었다.

하지만 다름은 이상하다고 생각했다. 함께 일하는 남자가 아현이 사라진 시기에 천문대에서 자살을 했다.

"그럼 소우가 죽은 게 정아현 씨랑 관련이 있다고 생각하시는 건가요?"

리호가 최대한 차분하게 물었다.

"저는 임소우가 정아현을 죽였을 수도 있다고 생각합니다."

"잠시만요. 누가 뭘 어쨌다고요?"

그 말에 리호는 정신이 번쩍 들었다.

"무슨 근거로요?"

"아직은 제 심증입니다."

리호는 어이가 없어 자리를 박차고 일어설 수밖에 없었다.

"뭐요? 심증이요?"

"택시에서 내린 정아현 씨는 천문대 근처에서 없어졌어요. 여름밤 천문대 CCTV는 건물 입구, 천체관람실, 화장실 앞 이렇게 세 대가 다예요. 사각지대를 골라 피해 다니기 충분하죠. 그 위치를 빠삭하게 잘 알고 있는 사람이라면 더요. 예를 들면 매일매일 CCTV 영상을 들여다보고 있는……."

"경비요. 그래서 소우가 정아현 씨를 죽였다고요? 말이 된다고 생각하세요?"

리호는 다름의 말을 가로챘다. 다름은 흥분한 리호를 가만히 바라봤다.

"그게 다라면 억측 같은데요. 정아현인가 그 사람이 그날 거기 있었는지도 확실치 않다는 거잖아요."

"물론 두 사람이 연인 관계라는 것도, 임소우 씨가 정아현 씨를 죽였을 거라고 생각한 것도 어디까지나 추정이고 심증입니다. 그리고 전 누구보다도 사실이 아니길 바라고 있습니다."

"어이없어. 추정? 심증? 그런 걸로 사람을 살인자로 의심해도 돼요?"

"맞습니다. 심증만으론 그러면 안 되죠. 그래서 찾고 있는 거예요, 지금. 그런데 그렇게 보자면 마찬가지 아닌가요? 차리호 씨도."

무슨 소리야. 리호가 다름을 향해 눈을 치켜떴다.

"심증이잖아요. 임소우 씨는 절대 그럴 리 없다고, 아니라고 증명할 수 있으세요? 임소우 씨 친형이 지금 수감되어 있죠. 폭행죄로요. 아버지 역시 폭행죄로 감옥을 들락날락하다 죽었고 엄마는 현재 실종 상태예요. 임소우 씨가 어려서 자살 시도까지 했었다는 사실도 아시나요? 감정적이고 꾸준한 직장도 없었던 그 불안정한 사람을 의심하면 안 됩니까?"

"야!"

리호가 결국 참지 못하고 소리를 질렀다.

"아는 사람이야?"

리호의 지정석에서 가장 먼 바 자리에 앉은 다름을 보고 마스터가 물었다.

"전혀 알고 싶지 않은 사람이에요."

"신고해야 해?"

"경찰이래."

"아하. 그럼 널 잡으러 온 거구나."

"날 도와주고 싶다면 쫓아주면 좋고."

"싫어. 손님이야."

치. 리호는 다름을 노려보며 마스터가 가져다준 하이볼을 벌컥벌컥 마셨다. 다름은 한참 고민하더니 생맥주를 한 잔 시켰다. 이 와중에 먹고 싶은 술을 고르는 그 모습마저도 거슬렸다. 왜 따라 들어오는 거야. 말 한마디만 더 걸면 진짜 신고해야지. 그에 대한 불신과 부정적 감정이 계속해서 치밀었다.

곱씹어보니 이것도 이상했다. 며칠 전 경찰서에서 만난 형사는 그게 왜 1년이나 지난 뒤에 궁금하냐 말했다. 한 달이나 지나 소우의 죽음을 알게 된 리호는 그렇다 쳐도 이 사람은 형사라면서 너무 늦은 거 아닌가. 수사에 문제가 있었다면 그때 제대로 바로잡았어야 하는 게 맞다.

"소우가 의심되면 1년 전에는 왜 제대로 확인하지 않으셨어요? 그때는 뭐 하시고 지금 와서 증거를 찾아요?"

리호가 물었다.

"제가 다른 지역에서 근무를 했습니다. 그때 알아차렸더라면 이렇게까지 되진 않았을 텐데."

"이해가 잘 안 되네요. 다른 지역 형사가 갑자기 나타나서 그럴 권한이 있나요?"

"그럴 권한 없습니다."

당당한 태도에 리호는 말문이 막히다 못해 헛웃음이 나왔다.

"이쯤에서 하나만 밝히고 지나가도 될까요?"

하지만 다름은 여전히 차분한 얼굴로 말했다. 그

의 태도에 긴장을 한 것은 오히려 리호였다.

"저 사실 형사 아닙니다, 지금은."

그 말에 리호의 눈이 커졌다. 진짜 미친 사람인가.

"그럼 사칭이에요?"

"아닙니다. 형사는 맞지만 지금은 징계를 빋은 상태입니다."

뭐 하자는 거야. 리호가 인상을 찌푸렸다.

"경찰이 수사를 하는데 징계를 왜 먹어요?"

"이 사건에 대해 알아보다가……. 아니 정확히는 '이 사건만 알아보다가'가 맞겠네요. 다른 지역 사건이고 거기다 1년이나 지난 사건인데 제가 건드렸으니까요."

"왜 건드렸는데요?"

"정아현과 저는 아는 사이입니다."

"이거 봐. 권한도 증거도 없이 멀쩡한 사람을 살인자로 몰아붙이는 걸 보면 징계가 아니라 파면이 맞는 것 같은데요. 개인적인 감정으로 이러는 건 아니죠."

"그런가요."

다름은 지친 얼굴을 손바닥으로 쓸어내렸다. 무척이나 피곤한 얼굴이었다.

"생각해보니까 진짜 웃기네. 그런 식으로 생각하

면 소우가 아니라 정아현 씨가 소우를 죽였을 수도 있는 거 아닌가요?"

"정아현은 180센티미터가 넘는 남자를 건물에서 밀 만큼의 힘이 없어요."

"그것도 추정이죠. 왜 없어요. 방심한 틈에 밀면 가능할 수도 있죠. 그 여자가 소우를 밀어서 죽이고 어디 숨어버린 게 더 말이 되지 않나요."

"사람은 기질이라는 게 있습니다. 폭력성이 전혀 없었던 사람과 폭력적인 사람."

"임소우는 폭력적인 사람이고 정아현은 그렇지 않다?"

"네."

"그 확신 저도 있어요. 소우가 그런 사람 아니라는 거요."

그 말이 입에서 나온 뒤엔 리호의 눈이 빨개졌다. 억울함인지 서러움인지 그리움인지 복잡한 감정이 북받쳤다.

"그러니까 아무 증거도 없이 바람을 피웠네 사람을 죽였네 함부로 말하지 마세요."

다름의 표정이 조금 미묘해졌다.

"그럼 같이 확인해보세요. 내일 여름밤 천문대 손

부희 관장을 만나러 갈 겁니다."

다름이 리호에게 제안했다.

리호가 한국을 떠나는 날엔 눈이 내렸다. 이른 아침 비행기도 아니었는데 리호와 소우는 새벽부터 공항에 나와 있었다. 패스트푸드점에서 햄버거나 하나씩 사 먹자고 했지만 소우는 굳이 한식당에서 아침이라 잘 넘어가지도 않는 우거지해장국과 보리굴비반상을 시켰다.

"거기도 이 정도 한식은 다 있어."

"비싸다고 안 사 먹을 거잖아."

소우는 리호의 숟가락에 굴비를 발라 얹었다. 이런 걸 우리가 언제 먹고 살았냐. 맨날 피자 햄버거 먹었지. 리호는 불평했지만 그래도 꾸역꾸역 다 먹었다. 그러고도 아직 두 시간이나 여유가 있어 두 사람은 공항 의자에 앉아 기다렸다. 아직 깜깜한 창문 밖으로 하얀 눈이 쌓이고 또 쌓였다.

"결항되려나."

약간은 기대 섞인 말투로 리호가 말했다. 소우는

리호 가방 안을 차곡차곡 정리했다.

"제일 앞 주머니에 이어폰이랑 귀마개, 마스크, 치약, 칫솔 들었고 그다음 주머니에 핸드폰이랑 지갑 있고 지갑 사이에 여권이랑 비행기표야. 가장 큰 지퍼를 열면 그 안에 슬리퍼랑 목베개야. 파일 안에 입국 심사에서 필요한 거랑 있으니까 비행기에서 꼭 봐. 그리고……."

현금은 안쪽 지퍼 열면 있다. 소우는 주변을 두리번거리며 리호의 귀에 작게 속삭였다.

"환승하는 방법도 입국 심사랑 같이……."

주절주절 며칠 전부터 리호의 귀에 딱지가 앉게 말한 것들이었다.

"그래. 환승하는 방법도 공항에서 숙소 가는 방법도 다 파일에 있지. 캐리어 안에는 오른쪽이 옷이고 왼쪽이 생필품. 여름옷은 국제 택배로 보내줄 거야. 다 알아. 다 안다고."

소우는 리호가 비행기표를 산 그날부터 리호의 짐을 싸기 시작했다. 인터넷에서 튼튼하다고 소문난 캐리어 제품을 몇 가지 골라 몇 날 며칠 고심하고 오프라인 매장까지 굳이 찾아가 손으로 다 뚜드려보고 구매했다.

물건을 방 안에 가득 채워두고 이렇게 저렇게 조합해보다가 소우는 몇 번씩 널브러졌다. 커다란 캐리어 하나에 리호가 들고 갈 살림을 다 집어넣겠다고 매일 머리를 싸맸지만 어떻게 해도 자리가 모자랐다.

"이런 거 다 필요 없어. 빼. 무슨 구급상자야. 거기도 다 있어."

리호는 없으면 없는 대로 다 산다고 말했지만 보내는 입장은 그러질 못했다.

"약도 타지에 가면 안 맞는대. 비상약은 꼭 넣어."

소우는 꾸역꾸역 소화제까지 다 챙겨 넣었다.

"그러면 잠바를 빼자. 입고 가는 거 하나면 돼."

"너 가서 캐나다 겨울 날씨 치고 읽고 와. 너 영하 20도에서 살아봤어? 체감온도는 몇인 줄이나 알아."

알긴 뭘 알아. 뭘 알고 간다고 하냐고. 소우는 할머니처럼 중얼중얼 잔소리를 했다.

"원래 그게 낭만이야."

"뭔 얼어 죽을 낭만."

"캐리어 하나에 다 들어가는 가벼운 인생도 한번 살아보자. 홀가분하게."

리호는 정말 그렇게 살고 싶다고 생각했다. 언젠가는 꼭 빚이 없는 삶을 살아보고 싶었다.

하지만 그런 말은 소우에게 통하지 않았다. 소우는 꼬박 한 달 동안 리호의 캐리어를 채웠고 공항 가는 날 새벽까지 캐리어를 열었다 닫았다를 반복하며 '최최최종본'을 만들었다.

불안해서 그런다는 생각을 그때는 미처 하지 못하고, 리호는 왜 저러냐며 소우를 보고 웃었다. 떠나기 전엔 온갖 부산을 다 떨었는데 막상 출국장에 들어가기 전엔 두 사람 다 할 게 없어서 멀뚱멀뚱 서로 얼굴만 마주 봤다.

리호가 소우의 얼굴을 양손으로 잡고 불안한 눈으로 봤다.

"나 없을 때 한눈팔면 어떡해?"

"난 그런 일 없어."

소우는 단호하게 말했다.

"인간은 원래 오늘하고 내일의 자아가 다른 법이지."

리호는 괜히 소우를 흘겨봤다.

"생각해봐. 지난 5년간 사귀면서 넌 두 번이나 한눈팔았지만 난 한 번도 없었잖아."

"웃기지 마. 내가 언제 한눈을 팔았냐. 그냥 직장 동료가 집에 한 번 데려다준 거랑 손님이 전화번호

물어본 게 다잖아."

"켕기니까 뭔지도 다 아는 거 아니야. 세세하게 기억하고 있는 거 봐라. 한눈팔았네, 이거."

리호가 괜히 소우의 손을 꽉 하고 물었다. 아, 아파. 소우는 웃었다.

"네가 모르는 내 친구들 주변에 다 심어놓을 거야. 헤어지자 하면 죽이러 올 거야."

그렇게 불안하면 가지 마. 그 말을 하고 싶었지만 소우는 괜히 리호의 마음이 무거워질까 그냥 피식피식 웃었다.

"진짜야. 돈 많이 벌어 와서 호강시켜줄 테니까 절대 배신하지 마."

"기대된다. 어떤 호강을 시켜주려나."

소우가 장난스레 말했다.

"이제 우리 집 빚 다 갚고 나면 우리도 좀 잘 살아보자. 그런 의미에서 하나만 약속해."

"뭐."

"난 네가 사진을 계속 찍었으면 좋겠어. 공사장에서 일하지 말고. 네가 좋아하는 거 하면서 자유롭게 사는 게 좋아. 그게 멋있어. 알겠지? 들어줄 거지?"

"그래. 알겠어."

소우가 리호를 안았다.

"이대로 눈이 더 내리면 정말 연착될까."

소우는 작게 말하다가, 비행이 위험해지는 상상에 괜히 퉤퉤퉤 취소했다.

# 8

 뜬눈으로 밤을 지새우고 싶었지만 잠이 쏟아지는 바람에 그럴 수는 없었다. 지난밤, 복잡해진 정신은 지쳐버린 육신에 참패했고 백수 생활 1년 만에 체력이 급격히 떨어진 것을 체감했다. 투 플러스 원 에너지 음료를 사서 한 캔을 원샷한 후 야무지게 나머지 두 개를 가방에 챙겨 넣고는 편의점을 나섰다. 오늘따라 해는 또 왜 이렇게 쨍한지. 어느 한 곳 그늘진 데가 없어 온몸으로 볕을 때려 맞으며 빠른 걸음으로 걸어나갔다. 오늘의 약속 장소는 해수욕장 한중간에 위치한 돌고래 동상 앞이었다. 토요일이라 그런지 오전부터 사람들로 바글바글했다. 사람들은 휴양지에서 필요한 각종 짐을 양손에 들고 바다를 향해 걸었다. 아침 9시만 되어도 파라솔 아래 자리는 대부분 차기 시작했다. 노는 것도 성실해야 하는 이곳은 대한민국이었다. 주차장으로 줄줄이 들어오는 차들을 보며 리호가 서 있었다. 그때였다. 저 멀리서 이러지도 저러지도 못한 채 줄 서 있던 차의 창문이 내려왔다. 연식이 20년은 족히 넘어 보이는 고물 SUV 차량이었다.

"차리호 씨! 여기 타세요!"

다름이었다, 아마도.

등산용으로 보이는 촌스러운 선글라스를 쓰고 있어 한 번에 알아보기가 힘들었지만 리호는 곧장 조수석으로 향했다.

"가요."

차에 타자마자 리호가 다름에게 선전포고하듯 말했다.

리호는 다름과 함께 천문대 관장을 만나러 가기로 결정했다. 바람이고 살인이고 그런 일은 소우에게 있을 수 없다고, 스스로에게도 증명하기 위해서 함께하기로 마음먹었다.

"거기 앞에 자료 있으니까 보려면 보세요."

"이런 거 제가 봐도 돼요?"

"지금 제가 하는 것 중에 해도 되는 행동은 하나

도 없습니다."

다름은 정면을 응시한 채 덤덤히 말했다. 참나, 어제부터 되게 당당하시네. 자료를 꺼내며 리호는 다름이 제정신은 아니라고 생각했다.

손부희, 44세, 여성, 여름밤 천문대 관장. 기업가인 부모님과 전문직 형제들을 두었다. 모자랄 것 없이 풍요롭게 자란 사람이었다. 부모님이 후원하는 보육원에서 10대서부터 꾸준히 자원봉사를 하고 있고 유학 중 만난 남편과 결혼을 했다. 남편은 저명한 천문학자로 결혼 후 잠깐은 천문대 운영을 같이 했지만 지금은 현재 해외 거주 중이라 사실상 별거 상태였다. 자식은 없고 천문대 운영을 중단한 이후로는 줄곧 보육원에서 지내며 자원봉사에 열중하고 있었다.

"임소우 씨가 자란 시설이 손부희 부모님이 후원하는 곳이에요. 꽤 예전부터 아는 사이인 듯하고 천문대에도 손부희 관장의 추천으로 채용이 된 것 같아요."

손부희 관장과 소우의 사이에 대해서는 어느 정도 알고 있었다. 물론 소우가 아니라 임소우가 말해 준 것이었다. 소우도 그랬는지는 사실 아직 모르는 일이다. 일단 이 자료와 다름이 들려주는 이야기 내에서 크게 다른 점은 없어 보였다.

천문대에서 경비를 해볼 생각 없냐고 먼저 연락을 준 것은 부희였다. 근처에 살면서 가끔 한번씩 올라가 순찰을 돌고 간단한 관리와 청소를 하는 것이 다인 업무였다. 그런 것치곤 꽤 급여도 괜찮았고 사실 거절할 만한 이유가 없었다.

아마도 자신을 도와주기 위해 불렀을 것이라고 임소우는 말했다. 보육원을 거쳐간 수많은 인연들 중 하나에게 내민 단순 선의라고 보긴 어려웠다. 두 사람 사이에서 특별한 인연이 느껴졌다. 소우가 힘들 때 기댈 수 있을 만큼. 리호는 자신 말고도 그런 사람이 소우의 곁에 또 있으면 좋겠다는 생각을 늘 했었다.

"그렇게 가까운 사람이 있다는 걸 왜 얘기하지 않았던 걸까."

리호는 그게 궁금했다. 소우의 어린 시절에 대해 물었던 적도 있었다. 하지만 늘 소우는 별다른 대답이 없었다. 그냥 평범하게 힘들었다고, 재미도 없었고 잘 기억이 나지 않는다고 했다. 그래서 리호도 더 캐묻지 않았다.

―사실 관장님이랑은 그렇게 자주 연락하는 사이가 아니었어. 경비 일로 연락이 왔던 것도 한 3년 만

이었나……. 그분 아버님이 내가 아주 어렸을 때부터 좀 돌봐주셨거든. 그래서 관장님도 챙겨주신 것 같아. 형 일도 다 알고 계시고.

"그래. 좋은 분들이네."

―응. 감사한 분들이지.

소우가 자란 보육원은 경기도 한 도시의 외지다고 해야 할지 한적하다고 해야 할지 모를, 건물이 뜨문뜨문한 동네에 위치해 있었다. 작은 학교 같은 오래된 건물에서 소우의 어린 시절이 겹쳐 보이는 아이들이 뛰어다녔다. 그런 아이들의 머리를 쓰다듬으며 한 여자가 걸어 나왔다. 부희는 핸드폰을 손에 든 채 다름과 리호를 발견하고는 가볍게 인사했다.

다름과 리호는 부희를 따라 상담실로 들어섰다. 아직 날이 많이 더운데 창문을 활짝 열어두었고, 삐걱대는 천장 모서리에 매달린 두 대의 선풍기가 냉방 시설의 전부였다.

리호는 에어컨 없이 선풍기만으로 여름을 나던 소우가 떠올랐다. 이 장소가 소우에게 어떤 기억으로 남겨져 있었을까.

"더운데 죄송해요. 상담실엔 에어컨이 아직 없어요."

부희의 마른 손에는 별다른 액세서리 없이 결혼반지 하나만 끼워져 있었다. 가는 결혼반지를 매만지며 부희가 상담실 의자에 앉았다.

"최근에 정아현 씨하고는 연락하셨나요?"

다름이 물었다.

"정아현 해설사님이요? 소우 씨 일로 오신 게 아닌가요?"

"네. 임소우 씨에 대해서도 이어서 여쭤볼 겁니다."

"해설사님한테 무슨 일이 있나요?"

아현이 현재 1년째 연락이 되지 않고 있다는 다름의 말에 부희는 조금 놀란 얼굴로 상황을 파악해보려는 듯했다.

"작년에 갑자기 일을 그만두고 싶다는 연락을 받았어요. 장마 기간 동안 문을 닫고 있었기 때문에 전화로 연락을 주고받은 게 다예요. 그때 저도 어머니가 많이 아프셔서 정신이 좀 없었거든요. 해설사님이 사라진 것과 소우 씨가 연관이 있나요?"

"아니요. 그런 건 아닙니다. 사건 직후 진술하신 내용은 다 확인했습니다. 임소우 씨가 사망한 날에는 이곳에 계시다 다음 날 연락을 받고 아셨다고."

"네."

"기록을 보니까 돈 때문에 임소우 씨가 힘들어했다는 이야기를 하셨던데."

"아, 네."

잠시 머뭇거리더니 부희가 이야기를 시작했다.

"돈이 좀 필요하다고 했거든요. 마침 야간에 천문대를 한 번씩 순찰 돌아주면 좋겠다고 생각했던 터라 일을 부탁했더니 좋아했어요. 그 주변에 등산로가 생겨서 지나다니는 사람들이 좀 늘었거든요."

"임소우 씨한테 돈 문제가 있었군요."

다름이 수첩에 내용을 적기 시작했다.

소우는 그런 말을 남에게 하는 타입이 아니었기에 리호는 부희의 진술이 쉽게 믿기지 않았다.

"네. 저는 당연히 가족 문제일 거라고 생각했어요. 그러고 보니 그맘때쯤 해설사님이 그만둔다고 이야기했던 것 같아요. 아마 그때가……."

부희가 1년 전 기억을 다시 더듬었다.

"7월이 시작될 무렵이었나요?"

"네. 맞아요. 그쯤이었던 것 같아요."

7월이 시작될 무렵. 소우와 연락이 잘 되지 않기 시작했던 시점이었다.

다름은 더 적극적으로 질문을 이어나갔다. 소우가 돈을 어디다 쓰려 했는지 아느냐, 아현과 소우가 같이 있는 것을 본 적이 있느냐 등등. 대단한 대답이 나오지는 않았다. 유선으로 지시를 내리는 정도였던 사이였으니 더 자세히 아는 게 없는 건 당연해 보였다. 그 대화를 리호는 조금 떨어져서 들었다. 그사이 이야기를 마친 다름은 뭔가 특별한 게 떠오른다면 꼭 연락 달라는 말을 남기고 자리에서 일어섰다.

리호는 멍한 표정으로 마당으로 나와 화장실에 간 다름을 기다렸다. 리호의 곁으로 부희가 다가와 마음이 많이 힘들었겠다며 위로했다. 리호는 말없이 꾸벅 인사했다.

"마음이 많이 가는 친구였어요. 아버지가 그 친구를 많이 예뻐하셨어서, 마음 아파하셨어요. 아무리 그래도 사람을 죽이지는 않았을 거예요. 그렇게 믿고 싶어요."

부희의 말이 소우를 향한 믿음보다는 바람같이 느껴져 리호는 불편했다. 아까부터 속이 다 뒤틀린 것만 같았다.

"네. 그럴 리 없다고 생각하고 있어요. 저도."

리호가 최대한 태연하게 대답했다.

"소우 씨를 잘 아시나 봐요."

"네. 오래 봤거든요."

"네. 저도 오래 봤으니까요."

그 '오래'는 리호가 모르는 더 먼 시간을 지칭할 것이다.

집으로 돌아오는 길, 차 안은 고요했다. 대단히 밝혀진 사실이 있는 것도 아닌데 그저 부희의 몇 마디에 정신을 차리지 못하는 스스로가 한심했다. 7년, 앳된 얼굴이 다 사라질 만한 그 시간이 리호는 꽤 길었다고 생각했다. 하지만 한나절 만에 또 모르는 게 늘어난 것을 보면 자신할 수 있는 시간이 아니었을지 모른다.

다름은 의외로 큰 감정의 변화가 없어 보였다. 어떤 흔들림도 없이 운전대만 잡고 있었다.

"정아현 해설사랑 무슨 사이였는지 물어봐도 돼요?"

리호가 다름에게 물었다.

"오래된 사입니다."

"만나던 사이였어요?"

"그런 건 어릴 때 잠깐이요. 커서는 그냥 가끔 연

락하는 사이였어요."

"그게 무슨 사이예요? 친구인가?"

"정확히 어떤 사이라고 말하긴 어렵지만……. 중요한 일이 생기면 이상하게 서로에게 연락을 하는 사이였어요. 가장 힘들 때는 꼭 서로를 찾는."

다름과 아현은 같은 동네에서 자랐다. 사귄다는 말이 다소 귀여울 나이까지 손을 잡고 다니다 어른이 되면서 자연스레 멀어졌다. 명절이나 크리스마스가 되면 고향으로 돌아가 만났지만 어색한 것은 없었다.

어느 날 갑자기 뜬금없는 전화가 걸려와도 전혀 이상하게 생각하지 않는 그런 사이. 다름이 경찰공무원 시험에 떨어지고 포기하려 할 때도, 지구대에서 형사과로 지원할 때도 함께 고민해준 것이 아현이었다. 아현이 대학에서 오래 만났던 선배와 헤어질 때나 먼 지역의 천문대에서 일을 시작했을 때는 다름이 아현의 이야기를 들었다. 무슨 일이 있으면 연락해. 그 인사를 마지막으로 한동안 연락을 주고받지 않았다. 작년에는 아주 오랜만에 아현이 다름에게 전화했다.

지역 내 조직폭력배들의 서열 싸움으로 다름이 한 달째 고생하던 시기였다. 다름은 그 전화를 받지 못했다. 부재중 전화를 확인했을 때 곧 걸어야지 하면서도 몇 번을 미루다 까먹고 말았다. 며칠이 지나 그 일을 떠올리고 아현에게 전화했을 때는 아현이 받지 않았다. 미안하다고 문자를 남겨봤지만 소용없었다.

다름이 1년 만에 고향에 내려갔을 때 아현의 부모님으로부터 아현이 연락이 되지 않는다는 소식을 전해 들었다. 그제야 알아차렸다. 다름 스스로가 생각해도 이상하리만큼 너무 늦어버린 의문이었다.

"너무 늦었습니다. 이 사건은 파면 팔수록 어이가 없을 정도로 대충 마무리 지어졌어요. 좋은 상상이 되질 않았습니다. 마음이 조급해지니까 담당 형사님 찾아가서 깽판치다 쫓겨나고, 지금은 징계까지 받은 상황입니다."

리호는 내용과 달리 차분한 말투의 다름이 신기해 쳐다보았다.

"그때 바로 이상하다고 생각했더라면 이렇게 늦지는 않았을까요."

리호도 '그때' '만약'으로 시작하는 수많은 후회들이 떠올랐다.

"그런 건 없어요. 그때 그랬다면 어땠을까 같은 건. 다 돌이킬 수 없는 일들이니까."

리호는 차라리 아무것도 모르고 그립기만 했던

시간이 조금 더 나았던 것 같기도 했다. 하지만 이제 돌이킬 수 없었다.

    리호는 집으로 돌아와 캔맥주를 꺼내 들고 모래사장으로 나가 앉았다.
    ―어제 뭐야? 너 무슨 일 있었어?
    임소우의 목소리를 들었을 때 리호는 비로소 몸에서 바람이 빠지듯 후 하고 숨을 길게 뱉었다.
    리호는 어젯밤 남다름 형사를 만난 순간부터 오늘 손부희 관장을 만나고 온 일까지 다소 서럽고 지난한 시간을 토로하기 시작했다.
    ―그래서 오늘 그 형사랑 관장님까지 만나고 왔단 말이야?
    "일단은 열받잖아. 그런 의심을 한 걸 사과받으려고 나간 건데 손부희 관장이 하는 말을 바보처럼 듣고만 있다가 왔어."
    ―너도 임소우가 정아현과 뭔가 있었을 것이라고 생각해?
    "몰라. 모르겠다. 다만 사람을 죽일 위인은 못 된다는 건 알지."
    ―그것도 다 거짓말일 수도 있잖아.

"무슨 소리야?"

―너한테 한 말들 다 거짓말이었잖아. 그런데 어떻게 계속 믿을 수 있냐고.

리호도 말문이 막혔다. 하지만 적어도 한 가지만은 확신할 수 있었다. 리호는 7년 동안 소우의 눈을 똑바로 바라보며 웃어온 사람이다. 그것만은 누가 뭐라고 해도 사라지지 않는 확실한 증거다.

"다 배신이었어도 소우가 남을 해칠 수 있는 사람이 아니라는 것 정도는 확신할 수 있어. 물론 나머진 용서 못 하지. 언젠가 만나면 죽일 거야."

하하, 핸드폰 너머로 임소우의 웃음소리가 들렸다.

―좋겠다.

"뭐?"

―임소우는 좋겠다고.

"무슨 소리야."

―내가 내 맘대로 비밀 하나 더 풀어줄게. 다른 사람이면 몰라도 임소우라면, 임채석 아들이고 임정우 동생이면 적어도 절대 너 배신은 안 했을 거야.

"야! 너도 나한테 말 안 한 게 있어? 넌 뭔데."

리호는 맥주 캔을 모래에 팍 꽂으며 물었다.

임소우는 리호에게 알려주지 않았던 부모님 이야

기와 형과 사이가 좋지 않은 이유에 대해 털어놓았다.

―책임감 없는 불륜 사이에서 실수로 태어난 게 나야. 걔도 그런 실수를 할 리가 없을 거라고. 너흰 뭐 부부는 아니었지만.

이야기를 다 듣고 나서 리호는 애매한 표정을 지었다. 놀란 얼굴도 미안한 얼굴도 아닌 금방이라도 울 것 같은 얼굴이었다.

"그런 생각을 했어?"

―어?

"너 줄곧 그렇게 생각했냐고. 실수로 태어났다고."

리호는 마음이 아팠다. 임소우는 소우가 아니지만 어떤 면에서는 소우였으니까. 리호는 그 이야기를 듣고 정우에게 들었던 말이 떠올랐다. '그 새끼 원래 우울한 새끼예요. 어려서도 물에 뛰어든 적 있어요.'

너도 어려서 많이 힘들었냐고 그런 일이 있었냐고 묻고 위로하고 싶었지만 괜한 상처를 건드릴까 꺼내지 못했다. 리호가 할 수 있는 말은 하나뿐이었다.

"네가 살아 있어서 다행이야."

―그래.

한참 있다 임소우는 짧게 대답했다.

전화를 끊고 해변가에 서서 파도를 바라봤다. 어쩌면 리호가 7년간 본 건 소우의 파도뿐이었을지도 모른다. 눈앞에 보이는 게 전부라고 생각했다. 그게 다라고. 양장피를 좋아하고 맛있는 수박을 잘 못 고르고 별 사진을 잘 찍고 수영은 쥐뿔도 못 하면서 바닷가에 살고 싶어 하는 그런 사람이라고. 하지만 사람은 누구나 그 뒤에 헤아릴 수 없이 넓고 깊은 속을 가지고 있다.

리호도 소우에게 미처 말하지 못한 것들이 있었다. 소우에게 처음 가족에 대해 말하면서 아빠가 일찍 돌아가시고 엄마랑 둘이 산다고 했지만 진실이 아니었다. 리호의 아빠는 리호가 소우를 만난 이후로도 살아 있었다. 꽤 오래도록. 리호는 그 사실을 소우에게 말하지 않았다.

아빠는 리호가 가진 가장 오래된 기억에서부터 늘 침대 위에 누워 있었다. 의식이 없는 채로 그렇게 20년을 넘게 살았다.

아빠가 사업을 하면서 엄마 앞으로 받았던 빚은 점점 커져갔다. 엄마는 낮에는 일을 하고 밤에는 아빠 병간호를 했다. 하굣길에 가끔 마주하는 엄마는 웃음기가 없는 메마른 표정이었다.

그래도 리호는 자신이 일을 시작하고 빚을 함께 갚으면 엄마에게도 조금쯤 희망이 생길 거라고 믿었다. 엄마를 불쌍히 여겼다기보다는 리호가 그저 이 불행을 혼자서 빠져나갈 만큼 강단 있는 인간이 되지 못했다. 소우에게는 그냥 집에 빚이 많다 얼버무렸고 소우도 자세히 묻지 않았다.

리호가 스물여섯 살이 되던 해에 아빠는 마침내 죽었다. 엄마는 그동안의 긴 고행을 마무리 짓듯 쓰러졌고 리호는 혼자 장례를 치러야 했다.

생전 처음 보는 큰아버지와 종종 엄마에게 술 먹고 전화해서 운다던 이모 말고는 조문객이 아무도 없었다. 빈 장례식장에 리호는 홀로 앉아 있었다. 누군가의 기척에 고개를 들었을 때 거기엔 소우가 서 있었다.

"어떻게 알고 왔어?"

"네 핸드폰으로 전화하니까 여기서 일하시는 분이 받던데."

소우는 담담한 얼굴이었다.

"거짓말해서 미안해."

기어들어가는 목소리로 리호가 말했다.

"그냥 네가 알게 하고 싶지 않아."

이렇게 어두운 면까지 같이 알게 하고 싶지 않았다. 연인이라고 해서 전부 다 함께 떠안자고 하는 건 싫었다. 엄마만 봐도 그건 사랑이 아니었다.

"너무 흠이 많아서 그런가. 뭐 하나라도 너한테 괜찮은 사람으로 보이고 싶었나 봐."

리호의 말에 소우는 말없이 리호를 안았다.

"나도. 나도 그래."

거기엔 얼마나 많은 거짓말들이 있었을까. 소우가 들키고 싶지 않았을 수많은 상처 중 몇 가지를 리호는 드디어 알게 되었다.

리호가 모래를 털고 일어났다.

나는 다 들통났는데 지는 뭐 그렇게 혼자 숨겨둔 게 많은데! 그 속을 다 봐야겠어. 그리고 시원하게 욕이라도 할 거야.

파랗고 반짝이는 파도가 아닌 소우의 깊은 곳, 컴컴하고 시린 심연까지 알고 싶었다. 미처 안아주지 못했던 것들을 반드시 확인해야만 했다.

# 9

"임소우 씨는 천문대 숙직실을 썼다고 되어 있는데요. 집이 있어요?"

"있던데요. 나도 몰랐지만."

뭘 얼마나 대충 마무리 지은 건지, 다름은 뭐가 어디서부터 잘못됐는지조차 감이 오지 않는 듯했다. 경찰은 아마 더 확인할 필요를 느끼지 못했을 것이다. 다른 피해가 있는 것도 아니고 유족이 있는 것도 아닌, 그냥 고아 출신인 평범한 외톨이의 평범한 자살 사건이었을 테니까.

소우의 작은 자취방이 있는 주택의 마당에 다름의 고물 SUV가 세워졌다.

리호가 문을 열고 들어가 다름을 불렀다.

"들어오세요."

제법 이 공간이 익숙해진 리호가 먼저 들어가 선풍기를 틀었다.

괴로운 얼굴로 돌아가길래 포기할 줄 알았는데, 리호는 다음 날 오히려 더 밝은 얼굴로 다름을 불러냈다.

다름이 유심히 소우의 방을 둘러보는 사이 리호는 다름이 들고 온 소우의 수사 자료들을 살폈다.

"백수가 직권 남용을 다 해보고 좋네요."

"떳떳한 상황이 아니라 웃지는 못하겠습니다."

목격자와 부희의 진술, 또 현장에서 발견된 소우의 소지품까지 그날의 조각들이 나열되어 있었다.

"소우 핸드폰에서 뭐 특별히 나온 건 없대요?"

리호는 줄곧 소우의 핸드폰이 이상하다고 생각했다. 생일 다음 날도 그다음 날도 리호는 소우에게 연락했다. 그런데 왜 닿지 않았던 걸까.

"일단 수사 일지를 보면 특별한 연락처가 저장되어 있지 않았다고 합니다. 자살하는 사람들이 많이 보이는 양상이라고 하더라고요. 연락이 갔던 친구분 것은 컴퓨터 화면에 적힌 연락처였어요."

"그래요?"

고개를 끄덕였지만 리호는 여전히 이해할 수 없었다.

수사가 마무리된 지 1년이나 지난 사건의 실마리를 푸는 방법은 사건 당시 받아둔 수사 기록과 그들을 기억하는 사람을 탐문하는 것밖에 없었다. 새로운 단서는 도무지 더 나오지 않았다.

"정아현 씨에 대해서는 좀 확인해봤어요?"

리호가 아현에 대해 물었다.

"속초로 와서 일단 가장 기본적인 것들만 확인해봤어요."

그맘때 아현은 천문대를 그만두고 속초 시내에 있는 전셋집을 뺐다. 다행히 아파트 경비가 그녀를 기억하고 있었는데 그의 기억으로는 아현이 대부분의 짐을 다 버리고 작은 짐만 하나 가지고 떠났다고 말했다. 마치 뭔가에 쫓기는 사람 같았다고. SNS 계정도 비공개로 바꾸었고 게시물도 모두 지워진 상태였다.

"그럼 자발적으로 사라졌다고 보는 게 맞지 않나요?"

"네. 저도 처음엔 그럴 수도 있다고 생각했는데…… 쫓기는 것 같았다는 말이 자꾸 걸려서 통화

기록을 조회해봤어요. 물론 영장도 없이 그러면 안 되는 일이라 정직 먹었지만. 근데 아현이 마지막 발신 기록이 119였어요. 2025년 7월 27일 저녁이요. 받기 전에 끊었더라고요. 게다가 마지막 위치는 천문대 부근이었습니다. 그때부터 단순한 실종은 아니라는 생각이 들었어요."

정직 후 다름은 본격적으로 아현의 주변 인물들을 조사했다. 그러다 한 친구로부터 아현이 직장 동료와 연애를 했다는 이야기를 듣게 되었다. 수사의 방향은 자연스럽게 소우 쪽으로 흘러간 것 같았다.

"사실은 나도 아현이가 살아 있다고 믿고 싶어요. 하지만 제가 형사 생활을 하면서 느꼈던 것은 희망적으로 흘러가는 일은 생각보다 세상에 많지 않다는 겁니다. 좋게 좋게 생각하기에는 그렇지 못한 경우를 너무 많이 봤어요, 난."

리호는 다름이 왜 처음에 그렇게까지 극단적인 가정을 했는지 조금은 이해할 수 있을 것도 같았다.

다름은 리호에게 소우의 짐들을 꺼내 봐도 되냐 물었고, 리호는 자신에게도 권한은 없다며 어깨를 으쓱였다. 그리고 계속 이상하다고 생각했던 세탁기 속 빨랫감과 냉장고에 붙은 일정표에 대해 상세하게 알려줬다. 설득이 되었는지는 몰라도 다름은 다행히 그것들을 놓치지 않고 세심히 수첩에 적었다.

"이 벽에 붙은 사진은 다 뭔가요?"

다름이 방을 둘러보다 물었다.

"아, 그건 소우가 제일 좋아하던 별이에요. 여름에 볼 수 있는 별이요. 여기 천문대에서 잘 보인대요."

다름은 신기하다는 듯 사진을 좀 더 훑었다. 다름도 소우를 만난다면 알 수 있었을 것이다. 리호가 그랬듯 다정하고 반짝이고 좋은 사람이라고 생각했을까.

"하나 이실직고하자면 제가 누구한테 형사님 번호를 넘겼어요."

"누구요?"

"정아현 씨에 대해 우리 말고도 알아낼 수 있는 사람이요. 혹시 몰라서 뭔가 알아내면 그 번호로 연락하라고 알려줬어요."

"누굽니까? 사건에 대해 알 수도 있는 사람인가요?"

"형사님한테는 얘기해도 소용없어요."

다름은 영 찜찜한 얼굴이었지만 이내 다시 짐을 뒤적였다.

리호는 창밖을 살폈다. 임소우와 통화할 때면 리

호는 늘 시선이 어색했다. 눈앞에 상대가 없는 것이 당연한데도 유난히 그랬다. 목소리밖에 없는 그 존재를 향해 이야기할 때는 이렇게 창문이나 바다, 하늘 같은 것에 시선을 두었다. 캐나다에서 소우의 전화를 받을 때도 그랬던 것 같다. 영상 통화를 자주 했으면서도 점점 더 소우의 얼굴이 뚜렷하게 기억나지 않았다. 어느 순간부터 정말 만나지 못하는 마치 다른 세계에 있는 사람 같았다.

그런 불안감이 느껴질 때면 리호와 소우는 언젠가 만나서 할 것들에 대해 떠들어댔다. 내일이면, 다음 주면 만날 사람들처럼.

"앨, 뭐라고?"

"앨곤퀸 천문대라고. 여기서 차를 타고 가면 네가 좋아하는 그 별이 엄청 잘 보이는 천문대가 있대. 이번 생일에 우리 거기 가려고. 어때?"

"안 돼. 생일 때는 울릉도에 갈 거야."

"갑자기 뭔 울릉도? 한여름에 무슨 배야. 머리 다 벗겨져."

"너 배 안 타봤지? 배에 선실 다 있어. 가서 칡소도 먹자. 유명한 집 추천 받아뒀어."

"칡소가 뭐야."

"칡 먹고 자란 소."

"소는 여기도 많아. 여기로 오라니까."

"거긴 수박이 없잖아."

"야, 왜 없어! 워터멜론 몰라? 영어로 수박이라는 단어가 왜 있겠냐. 여기도 다 있으니까 있지."

"거긴 수박이 맛이 없을 거 같아."

"네가 맛없는 것만 고르니까 그렇지. 그것도 재주야, 진짜."

한겨울이었다. 새해가 아직 오지 않은 눈 내리는 날에 두 사람은 함께 보낼 여름에 대해 이야기했다.

☆

'전화기가 꺼져 있어 소리샘으로 연결됩니다.'

부희의 말로는 갑자기 일을 그만둔다는 전화만 한 통 왔다고 하던데 아현은 연락이 되지 않았다. 아니면 정말 이곳의 아현에게도 무슨 일이 있는 걸까.

그 세계의 아현은 실종되었고 소우는 죽었다. 그것도 바로 이 천문대에서. 그날 도대체 무슨 일이 났길래. 무엇보다 그 임소우는 뭘 어쨌길래 살인 용의자가 되어 있는 거야. 소우는 도무지 이해가 되질 않았다.

소우는 리호에게 받아 저장해둔 '남다름 형사' 번호를 꺼냈다. 전화를 해볼까. 뭐라고 말해야 하지. 머리가 복잡해지는 중에 천문대 입구에 다다랐다.

밤이 되니 천문대 앞은 서늘한 바람이 불었다. 분명 지난 달만 해도 소우의 직장이었는데 어쩐지 휑하다 못해 오싹한 느낌이 드는 것만 같았다.

소우는 아무도 모르게 이곳의 경비를 해제할 수 있었다. 이렇게 들어가도 되는 건가, 잠시 고민했지만 결국 안으로 들어섰다. 종종 올라와 순찰을 돌아주기로 부희와 약속했던 것이 있다면서 스스로를 합리화했다. 무엇보다 소우는 리호에게 도움이 되고 싶었다. 그 감정이 정확히 뭔지는 알 수 없지만.

소우는 복도를 지나 아현이 사용하던 사무실로 향했다. 사실 일을 하면서 크게 갈 일이 없는 곳이었다.

아현과는 단둘이라서 되레 어색한 사이였다. 친절하고 씩씩하고 밝은 사람. 아현에 대한 이미지는 그게 다였다. 사람을 대하는 전반적인 태도가 밝은 편은 아니었던 소우와 달리 먼저 말을 걸어주는 사람이었다. "밥 먹었어요?" "먼저 퇴근할게요." 그런 형식적인 대화가 전부였지만 근무일마다 점심 정도는 같이 먹었다.

"여기 일 심심하지 않아요?"

"네. 심심하긴 한데 괜찮아요. 나름."

"진짜? 좋겠다. 나는 이제 별도 지긋지긋해."

더 재밌게 살고 싶어. 아현이 혼잣말처럼 이야기했다.

"사람이 지긋지긋해서 별이 좋았는데 별만 보고 있으니까 또 사람이 그리워지는 걸 보면 싫증이 잘 나는 타입인가 봐요, 난."

소우는 뭐라고 대답해야 할지 몰라 고개만 끄덕이며 밥을 먹었다.

"사람은 가까이 있잖아요. 별은 눈에는 보이지만 절대 닿을 수 없으니까요. 근데 또 별 같은 사람들이 있는 것 같아요. 눈앞에 분명 있는데도 알고 보면 엄청 멀리 있는 느낌이 드는 거요. 알아요?"

그 이야기를 할 때 아현의 얼굴은 묘하게 그늘이 져 있었다.

아현은 이 천문대에서 소우가 얼굴을 마주 보고 이야기를 할 수 있는 유일한 사람이었다. 대부분 아현의 푸념을 듣는 시간이었지만. 소우도 싫지만은 않았고 종종 깊게 공감 가는 말들도 있었다. 무엇보다 아현은 절대 소우가 불편할 만한 질문을 하지 않았다. 그냥 자신의 이야기를 할 뿐이었다.

"우리 부모님은 시장에서 식당을 하셨어요. 시장에

있는 식당 가본 적 있어요? 아침 식사 됩니다, 하는 집이요. 그 집은 사실 저녁도 팔아요. 아침 점심 저녁을 다 팔아. 나는 부모님이 있는데 볼 수가 없었어요. 찾아가야만 볼 수 있는 그런 존재인 거죠. 그래서 예전에는 별을 좋아했거든요? 별은 그냥 선 자리에서 올려만 봐도 보이잖아요. 근데 이제 별도 잘 안 보이는 것 같아요. 별도 찾아가서 봐야 하는 시대가 되어버렸어. 짜증 나."

아현의 목소리는 맑고 청아했다. 옥구슬 같다는 어른들의 말이 어울리는 목소리였다. 부희가 처음 아현을 마음에 들어 한 이유도 목소리라고 했다. 라디오를 듣는 느낌도 들었다.

"일 그만둔다면서요?"

소우가 고개를 끄덕였다.

"힘들어 보이긴 했어요. 그럼 이제 어디로 가요?"

"좀 멀리 갈 것 같아요."

흐음. 이번엔 아현이 고개를 끄덕였다. 잘 지내요, 이제 또 볼 일 없으려나, 하며 아현은 조금 아쉬워하는 눈치였다.

"아, 소우 씨. 7월 27일은 휴관이죠?"

아현의 마지막 말은 그것이었다. 그날 아현은 웃지 않았던 것 같다. 힘들어도 짜증을 부려도 늘 웃는 사람이었는데.

경비실로 들어가 최대한 CCTV로 동선을 확인할 수 없는 길을 따라 사무실로 향했다. 누군가의 뒤를 캐본 일이 없어 무엇부터 해야 할지는 모르겠지만, 일단 아현의 자리로 갔다. 비워진 아현의 자리에는 별다른 물건이 없어 보였다.

"후……."

소용없는 짓인가. 문득 고개를 숙였고, 그 순간 바닥에 떨어져 있는 무언가를 보았다.

"151번?"

'제임스 짐 보관소'라고 적힌 번호표였다.

"오늘 쉬는 날 아니에요?"

낮부터 가게 앞을 치우고 있는 마스터를 보고 리호가 놀라 물었다.

"오늘 밤에 태풍 온다더라."

마스터는 무심히 밖에 놓인 의자와 간판들을 가게 안으로 들였다.

"흐음……. 얼마나 온대요?"

"크진 않은데 비가 좀 많이 오나 봐. 창문 안 닫고 나왔으면 다시 가서 닫고 와. 아니지. 애초에 태풍이 오기 전에 들어오는 게 더 정상이다."

"당연히 그전에 들어오지. 오늘은 가서 술 마실 데도 없고."

아쉬워하는 리호에게 마스터는 내일 개시할 신메뉴라며 새로 붙일 종이를 무심하게 자랑했다.

"오! 조개탕?"

"이제 가을이 오니까."

"벌써 가을인가."

"태풍이 지나가고 나면 여름도 끝이지."

정류장으로 걸어가면서 리호의 머릿속엔 그 말이 내내 남았다. 여름도 끝이구나. 장마가 길어 그런지, 너무 정신없이 보내서였는지 여름이 유난히 짧게만 느껴졌다.

그나저나 오늘 저녁에 임소우와 전화하기는 텄네. 미리 알았더라면 어제 말해주는 건데. 리호는 과거의 날씨라도 확인해볼 수 있지만 이곳이 더 미래인 임소우에게는 답답한 일일 것이다.

하지만 알고 있더라도 전화를 할 수 없게 되면 답답해지는 건 리호도 마찬가지였다. 갑자기 몰아치는 소우의 거짓말 폭풍 속에서 리호가 정신을 차리고 앞으로 걷고 있는 건 전적으로 임소우의 덕이었다. 거는 사람은 달랐지만 매일 밤 9시면 들을 수 있는 소우의 목소리는 여전히 리호에게는 신경안정제 역할을 하고 있었다.

설마 했는데 임소우가 말해준 '제임스 짐 보관소'가 정말 있었다. 임소우는 이곳에 짐을 맡길 때 주는 번호표를 정아현의 자리에서 발견했다고 했다.

"정아현 님 이름으로 작년 7월 20일에 맡기셨고요. 그리고……."

"찾아갔습니까?"

아현의 흔적이 나오자 다름의 목소리가 빨라졌다.

"네. 26일 저녁에 찾아가셨어요."

"혹시 그날 찍힌 CCTV 있을까요?"

"잠시만요."

"밖에 있는 것도 볼 수 있나요?"

사무실로 향하는 직원에게 다름이 매장 밖에 있는 카메라를 가리켰다.

저건 또 언제 봤대. 은근히 예리한 구석이 있단 말이지. 리호가 감탄했다. 하지만 그 예리함은 이내 리호에게 향했다.

"차리호 씨, 여길 어떻게 알았습니까?"

리호가 난감한 얼굴을 했다. 당연히 생길 만한 의문이었고 예상을 했던 터라 사실 혼자 오고 싶었다. 하지만 다름의 직권 남용이 없으면 어차피 아무것도 얻어낼 수 없을 것 같아 불러내야 했다.

"누가 말해줬어요."

"누가요? 정말 이 사건에 연관된 사람이 또 있는 건가요?"

다름의 얼굴은 점점 더 심각해졌다.

"아……. 거짓말 안 하고 말해줄 순 있는데, 안 믿어줄 거 같은데요."

"뭔데요. 믿을게요."

"전혀 현실적이지 않은 말이라도요?"

다름이 잠시 생각하더니 리호를 봤다.

"아. 혹시 점쟁이 뭐 그런 겁니까? 영혼이 찾아와서 말이라도 해주는 건가요?"

다름은 최대한 양보한 상상이었겠지만 이 경우에는 그렇게까지 대중적으로 알려져 있는 현상은 아니었다.

"귀신은 아니고요. 비슷한 허깨비. 그 정도면 될

것 같아요. 그런 거랑 대화를 한다고 하면 믿어줄래요?"

"허깨비요?"

역시나. 인상 쓴 다름의 표정에 리호가 눈을 질끈 감았다.

"그 허깨비라는 게 영혼 같은 건가요?"

믿는 거야? 당연히 믿지 않을 것이라고 생각했는데 다름의 반응은 의외였다.

"보이지 않기는 하지만 영혼까지는 아니고요. 사람이죠."

"그게 혹시…… 정아현입니까?"

"다행히 임소우예요."

"죽은 임소우 씨요?"

"그게 좀 복잡한데……. 영혼도 아니에요. 짧게 얘기하자면 다른 세계에 살고 있는 안 죽은 임소우라고 해두죠."

"예?"

다행히 기나긴 말을 반복해가며 설명을 시작하기 전에 직원이 나타났다.

짐이 오가는 곳이라 2년 치는 꼭 저장을 해둔다는 짐 보관소 사장의 철저함 덕에 다름과 리호는 그날의 아현을 볼 수 있었다. 매장 내 CCTV에서 아현을 확인했다. 특별할 것 없어 보이는 짐을 맡기고 찾아가는 모습이 다였다. 하지만 매장 앞에 있는 CCTV에서는 달랐다. 20일과 26일 모두, 아현은 건너편 건물에서 나와 이곳에 짐을 맡겼다. 문제는 그 건너편 건물이었다. 리호와 다름은 동시에 건너편 건물로 시선을 돌렸다.

짐 보관소의 반대편 건물은 산부인과였다.

"아현이가 사라지기 전 소중한 존재가 생겼다고 했던 게 혹시 아기가 생겼다는 뜻이었을까요."

운전을 하며 다름이 말했다.

"산부인과가 이름이 그래서 그렇지 여자들은 그냥 10대 때부터 정기검진을 하러 가는 곳이에요. 무조건 임신이라고 볼 수는 없죠."

말은 그렇게 했지만 리호도 배에 손을 얹고 있는 영상 속 아현을 보고 그런 의심이 들지 않았던 것은 아니었다.

"그때 손부희 관장이 임소우 씨가 급하게 돈이 필요했다고 했잖아요."

"무슨 말인지 알겠는데 그건 아닐 거예요."

하, 답답하게 흘러가는 상황에 리호도 머리가 복잡해져 차 창문을 내렸다. 정아현은 정말 어디로 사라져버린 걸까.

"그 허깨비는 뭐래요?"

"네?"

"저기 어디 살아 있는 임소우 허깨비가 있다면서요. 그 허깨비는 뭐래요."

"정아현 씨랑 아무 사이 아니래요, 자기는. 근데 거긴 여기랑 막 다 똑같지는 않아요. 복잡해요."

"좀 불러봐요."

"그게 막 부르면 나타나는 지니 같은 게 아니에요. 어차피 바꿔줄 수도 없고. 게다가 오늘은 태풍이 와서 글렀어요."

"하, 다 무슨 소린지 정말."

다름은 결국 이해하길 포기한 듯 한숨을 쉬었다.

"근데 지금 우리 어디 가는 거예요?"

"너무 일찍 물어보시네."

'영상 분석 전문'이라고 적힌 허름한 건물 앞에 다름이 차를 세웠다. 그러고 보니 짐 보관소에 가기 전 다름 역시 사건에 대한 중요한 단초를 찾아냈다고 말했었다.

"좀 걸리는 게 있어서 오전에 뭘 맡겼는데 분위기며 사람들이며 위험하게 생겼던데요. 혼자는 무서워서 차리호 씨 만난 김에 같이 왔어요. 잠깐 차에 있어요."

점점 더 뻔뻔해지는 다름의 모습에 리호는 어이가 없었다.

"아무리 그래도 경찰이 이런 데다가 일을 맡겨도 돼요?"

"말했잖아요."

"네. 지금 형사님이 하는 것 중에 해도 되는 건 하나도 없다고요."

다름이 차에서 내리고 리호는 잠시 숨을 골랐다.

밤부터 태풍이라더니 하늘은 맑기만 하네. 속초 시내를 벗어난 뒷골목에는 다양한 인종이 많이 오가 리호의 생활 반경 속 동네와는 또 전혀 다른 분위기를 풍겼다. 어선이 빼곡이 들어찬 항에는 오전부터 한바탕 수산물이 오갔던 흔적이 가득했고 점심을 먹고 나온 인부들은 골목 여기저기에서 담배를 피워댔다. 이런 곳에 무슨 영상 분석 전문 업체가 있다는 거야. 여차하면 구하러 올라가야 하나. 설마 벌건 대낮인데 뭔 일이 있겠어. 고민이 되던 차에 다름이 건물 입구 계단으로 내려왔다.

"형사라고 하니까 의심을 좀 하긴 하는데 그래도 깎아줬어요."

"이런 말 좀 그렇지만 형사님이 매가리가 하나도 없어 보여서 그래요. 누가 형사로 봐요."

"그렇습니까. 일할 때는 보통 팀으로 다녀서 그런 쪽으로는 제 담당이 아니었거든요."

"아, 그렇네. 형사님들은 보통 두세 명씩 몰려다니죠. 차라리 내가 따라갈 걸 그랬네요."

"글쎄요. 차리호 씨랑 가는 순간부터는……."

"뭐요. 더 해봐요."

다름이 하려던 말을 거두자 리호가 발끈했다.

"이거 좀 보세요."

다름은 대답하는 대신 서둘러 화제를 돌렸다.

"뭐야. 천문대 CCTV예요?"

리호는 다름이 보여주는 영상을 확인했다. 20250827-20:34:07…08…09. 그날 밤의 영상이었다. 어두워서 잘 보이지 않았지만 천문대 입구 등산로 쪽 전경이었다.

"여기 봐봐요."

다름이 뭔가를 가리켰다. 희미한 빛이 빠르게 가

까워지다 꺼졌다.

"자동차 불빛이에요?"

"근데 자세히 보면 이상한 점이 있습니다. 다른 영상과 비교해보면 불빛이 두 개가 아니라 하나로 보이더라고요. 즉 라이트가 하나. 그래서 처음엔 오토바이를 생각했어요. 그런데 근방 도로 CCTV를 제가 다 봤거든요? 분명 오토바이는 없었어요. 그래서 영상 분석을 맡긴 거예요. 분석 결과로는 오토바이보다는 라이트가 하나 꺼진 차인 것 같다고 합니다. 여기 인근 도로 영상에 라이트 하나 꺼진 차 보이죠?"

"이 차가 천문대에 들어갔다는 거죠?"

"확인해봐야죠. 일단 차량 조회를 해봅시다."

몇 시간 뒤, 순식간에 구름이 하늘을 메우고 있었다. 금방이라도 비바람이 몰아칠 것만 같은 분위기였다. 다름과 리호는 소우의 집에서 다름의 동료에게서 올 연락을 기다렸다. 죽은 전 남자친구의 집에 외간 남자와 함께 앉아 있는 것은 아무리 생각해도 이상했지만 리호의 집으로 가기엔 모양새가 더 이상했고, 두 사람이 아지트로 삼기에 가장 좋은 곳도 사건과 나름 관련 있는 이 장소였다. 죽은 윗집 청년의 여자친구가 다른 남자를 자꾸 데리고 찾아온다는 점에서 아랫집 아주머니의 심란한 시선은 피할 수 없었지만 이번에도 다름의 직업이 한몫을 했다.

"새로운 직업이 필요해지면 경찰공무원 시험을 볼까 봐요."

"체력 테스트 꽤 어려워요. 이래 보여도."

이래 보여도, 라는 말에 객관적인 시선이 담겨 있어 리호는 긴장감을 풀고 잠시 웃었다.

잠시 뒤 다름의 동료로부터 전화가 왔다. 처음 들려오는 소리는 욕이었다. 이내 다름이 전화를 들고 일어나면서 그 뒤는 듣지 못했다.

"확실해? 확실한 거지? 이왕 알아봐주는 김에 지금 어디 있는지도 좀 알아봐줘. 걱정 마. 이 정도로 너 옷 안 벗어. 벗으면 내가 새로 한 벌 사줄게."

다름의 직업적 자아에 감탄하다 리호는 쾅쾅 창문이 울리는 소리에 일어났다. 창틀과 창문 사이의 폭이 커서 창이 앞뒤로 바람에 흔들리고 있었다. 급한 대로 주변에 보이는 종이를 말아서 그 사이에 끼워 넣어봤지만 여전히 창문은 크게 달달달 소리를 냈다. 이중창이 아니네. 추위를 엄청 타는 애가 여기서 겨울을 어떻게 보낸 거야. 리호는 낮게 중얼거렸다.

"차리호 씨, 김차성이에요."

다름의 부름에 리호가 고개를 돌렸다.

"그게 누군데요?"

"손부희 관장 남편이요. 차주가 그 사람이에요."

예상치 못한 인물의 등장에 리호가 잠시 멍한 얼굴로 서 있었다. 김차성, 손부희 관장의 남편이라면……

"해외에 있다고 하지 않았어요?"

"그 부분은 제가 동료에게 더 알아봐달라고 해뒀습니다. 전혀 생각을 못 했는데, 이 사람……."

다름이 답지 않게 두서없이 말을 이어나갔다.

"왜요?"

"아현이가 대학 때 오래 만나던 남자가 있었어요. 대학 선배였고 그 사람이 유학을 가면서 헤어졌던."

다름이 오래전 기억을 되살리며 말했다.

"그 사람이 아무래도 김차성인 것 같아요."

# 10

　남다름 형사가 일하는 경찰서로 전화를 건 지 하루가 지났다. 외근으로 자리를 비웠고 돌아오면 연락처와 이름을 전해주겠다고 했지만 아직 아무런 소식이 없었다. 리호에게 전달받은 개인 번호로도 걸어봤지만 받지 않았다. 리호가 전해준 대로 남다름 형사가 일하는 지역은 갖은 사건으로 시끄러운 모양이었다.
　아현이 위험하다는 기미나 확실한 증거를 찾지 못했기 때문에 섣불리 연락을 하는 것이 맞을까 고민을 하다 메시지를 남겼다.
　'저는 정아현 해설사님과 함께 일하는 사람인데요. 정아현 해설사님이 얼마 전에 천문대를 그만두셨는데 계속 연락이 되지 않고 있어서 혹시 몰라 연락드립니

다. 지인이시라고 들었습니다. 이 메시지 들으시면 연락 주세요.'

핸드폰을 내려두고 시계를 봤다. 아직 밤 8시가 채 되지 않았다. 신데렐라도 아니고 소우의 하루 기준은 밤 9시가 되어버렸다. 짐 보관소에는 가봤으려나. 소우는 보기 좋게 거절당했지만 그쪽은 형사가 있으니 상황이 더 나을까 싶었다. 통화 시간이 점점 짧아지자 답답한 기분이 들었다. 마음 같아서는 그냥 여기로 리호를 데리고 와서 같이 다니고 싶은 심정이었다. 어디 산속 깊은 곳에 커다란 워프라도 있으면 좋으련만.

그런 생각을 하고 있을 때쯤 책상 구석에서 경보음이 들려왔다. 소우는 책상 서랍을 열어 핸드폰을 꺼냈다. 업무용으로 받았던 핸드폰이었다. 그런데 이 시간에 왜 울렸지? 누가 무단 침입이라도 했나. 집에서 천문대가 올려다보일 리도 없는데 소우는 괜히 창문 밖으로 고개를 빼고 천문대가 있는 산 중턱을 바라봤다. 그때였다. 차량 한 대가 빠르게 천문대 방향에서 내려왔다. 라이트가 한쪽에만 켜진 채였다.

저 위는 막다른 길이고 그 끝은 천문대인데. 이 시간에 등산객일 리도 없고 뭐지. 소우는 핸드폰을 들고 일어섰다.

소우의 걸음이 평소보다 조금 빨라졌다. 평소엔 20분 정도 걸리는 오르막길을 10분 만에 올라왔다. 소우는 가쁜 숨을 내쉬며 주변을 둘러보았다. 긴장을 했던 것이 무색하게도 천문대는 늘 그렇듯 평온했다. 하기야 어제도 별다른 게 없었다. 부희에게 연락이 갔는지 다행히 경보는 멈춘 것 같았다. 그냥 내려가려고 발걸음을 돌리던 소우는 멈춰 섰다. 어쩐지 한번 확인해보고 싶은 느낌이 들었다. 경비를 해제하고 천문대 안으로 들어갔다.

경비실로 들어가 CCTV를 확인해보려던 순간이었다. 어딘가 이질감이 느껴졌다. 이게 원래 여기 있었나. 아니, 절대 여기 둘 리 없는데. 모든 열쇠는 마지막 서랍에 두는데. 왜 지하 창고 열쇠가 자리 옆에 걸려 있지? 뭔가 이상했다.

"아, 소우 씨. 7월 27일은 휴관이죠?"

아현의 물음이 문득 떠올랐다. 7월 27일. 다른 세계에선 그날 이곳에서 소우가 죽었다.

천문대의 지하 창고는 가파르고 폭이 좁은 철제 나선형 계단을 내려가야 했기 때문에 쉽게 접근하기 어려웠다. 소우 역시 한 번도 그곳에 가본 적이 없었다. 복도 맨 끝에 붙은 창고의 문은 잠겨 있었다. 소우는 긴장

된 얼굴로 열쇠를 꽂고 문을 열었다.

그 순간 전화가 울렸다.

―남다름입니다. 누구시죠? 정아현 이야기를 하셨다면서요."

"여기 여름밤 천문대입니다. 지금 찾았어요, 정아현 해설사님."

☆

다름의 차가 꼬불꼬불한 길을 타고 천문대 위로 향했다.

"천문대 지하 창고에 뭐가 있다는 겁니까?"

다름이 리호에게 물었지만 리호는 아무 말도 하지 못했다. 방금 전, 짧은 통화에서 들은 사실을 확인해봐야 했다.

"오늘은 안 될 줄 알았는데! 여기 태풍이 오고 있거든! 아, 맞다. 있잖아, 그 김차성……."

―리호야, 여기 천문대 지하실에서 정아현 해설사님 찾았어.

임소우의 떨리는 목소리가 들려왔다.

―지금 남다름 형사가 오고 있어. 시신은…….

그렇게 전화는 끊어졌다.


리호는 임소우가 알려준 대로 경비를 해제하고 천문대 안으로 들어섰다.

경비실 안에는 임소우가 말한 대로 벽에 창고 열쇠가 걸려 있었다. 후우……. 리호는 숨을 길게 내쉬었다. 똑같지 않았으면 하는 상황이 똑같이 흘러가고 있었다. 리호가 열쇠를 들고 다름에게로 갔다.

"찾았어요. 지하실 열쇠."

다름이 열쇠를 받아 들었다.

"아뇨. 잠시만요, 형사님. 아니네요. 미안해요. 내가 잘못 생각한 것 같아요."

리호가 다름을 붙잡았다.

"우리 다른 경찰들도 부르죠. 다른 사람들한테 확인해보라고 해요. 이거 너무 무단 침입이다, 그쵸?"

이제 와서 말도 안 되는 변명을 늘어놓으며 리호는 다름을 붙잡아 몸을 돌렸다.

"저 밑에 뭐가 있는데요, 도대체."

다름은 리호를 만나 천문대로 향할 때부터 바짝 긴장했다. 천문대 지하실을 확인해보고 싶다는 말만 반복하는 리호가 뭔가 더 알고 있다는 느낌은 있었다. 어차피 확인해보면 되는 일이지만 말을 하기 어려워한다는 것은 그게 아현일 가능성이 높기 때문인 것 아닐까. 다름이 걸음을 돌려 빠르게 지하실로 향했다.

"잠시만요. 잠시만요, 형사님."

"차라리 제가 열게요."

문을 열려는 다름을 리호가 붙들었다. 리호의 손이 떨려왔다. 리호는 무서웠다. 당연한 일이었다. 그런 걸 평범한 사람이 살면서 볼 일은 웬만하면 없으니까. 하지만 다름이 평범하지 않다고 해서 이 장면을 봐도 괜찮을까. 앞으로 살아갈 수 있는 걸까. 임소우의 말대로 이 안에서 정말 정아현이 나온다면 다름이 견디지 못할 것이다.

"정아현 씨가 정말 있으면 어떡해요."

다름의 눈동자가 흔들렸다.

"그럼 더더욱 내가 열어야죠."

다름이 지하 창고의 문을 열었다. 곧이어 굳은 목소리가 들려왔다.

"차리호 씨, 오지 말아요. 뒤돌아요."

◆

 천문대 앞에 도착한 경찰차와 응급차의 불빛이 섞여서 번쩍거렸다. 어떻게 알고 왔는지 벌써부터 카메라를 대동한 기자들도 보였다. 천문대 창고 안에서 신원을 알 수 없는 남자의 시신이 발견되었다.

# 11

 리호는 천문대에서 내려와 소우의 집에서 뜬눈으로 밤을 새웠다. 하지만 아침이 되도록 다름은 연락이 없었다.

 그사이 작고 조용하던 천문대는 세상이 떠들썩하게 뉴스에 나오기 시작했다. 얼마 지나지 않아 발견된 시신의 신원까지 밝혀졌다. 그 사람은 김차성, 손부희 관장의 남편이었다.

 그런데 내용이 이상하게 흘러갔다. 시신이 흉기에 의해 살해된 것으로 추정되며 시신과 함께 범행도구로 보이는 칼이 발견됐다는 뉴스 뒤로 소우 이야기가 나왔다.

 1년 전 투신 자살한 천문대 경비원 E씨와의 관련

성을 수사 중이며, 함께 일하던 해설사도 그맘때 실종되었다. 해설사와 경비원이 연인 관계였다는 주변의 증언이 있었다.

"현재 천문대 근처 야산을 위주로 수색 중이며 해설사의 시신이 추가로 발견될 수 있을지 귀추가 주목됩니다. 한편 오늘 오후에서부터 동해쪽으로 북상하는 태풍 아미의 영향으로 강풍주의보와 예비 특보가 이어지는 가운데 수사에 난항이 예상됩니다."

뉴스를 보던 리호는 일어서서 달려 나갔다.

비를 뚫고 천문대를 향해 달리면서 리호는 계속해서 다름에게 전화를 걸었다. 하지만 다름은 받지 않았다. 천문대엔 폴리스라인이 모두 쳐져 있었다. 거센 빗속에서도 멀리 사람들이 모인 곳에 함께 서 있는 다름이 보였다.

"형사님!"

리호가 다름을 불렀다. 다름이 밤새 더 상한 얼굴로 리호를 돌아봤다. 취재진들이 없는 천문대 구석 한편으로 리호를 데리고 온 다름이 주변을 살폈다.

"여기 오지 마세요. 괜히 차리호 씨까지 의심받을 수 있습니다."

"아니, 뉴스가 이상하잖아요. 무슨 말도 안 되는 소리를……."

"차리호 씨, 나 봐요. 뉴스는…… 뉴스는 아무래도 지금 정황상……."

"제가 말했던 그 허깨비 있잖아요. 거기선 천문대 지하실에서 정아현 씨 시체가 발견됐다고요. 그럼 김차성과 정아현 두 사람의 관계를 의심해봐야 하는 거 아니에요? 왜 다들 제멋대로 그런 소리를 하는 건데요!"

"맞아요. 진실을 밝혀볼게요. 임소우 씨가 범인이 아니라는 것도 반드시 밝혀질 거예요."

"진실요? 그냥 소우가 범인이라고 세워놓고 증거를 찾는 게 진실이에요?"

"마음은 알아요. 알지만…… 흉기에서 확인한 감식 결과에서 임소우의 지문이 나왔어요."

쏟아지는 빗속에서 리호는 얼어붙은 채 서 있었다.

"확실해요?"

다름이 고개를 끄덕였다.

"지금 흙 파헤쳐서 아현일 찾고 있는 내 심정도 좀 이해해줘요."

다름이 괴로운 얼굴을 했다.

"미안합니다."

다름은 리호에게 고개 숙여 사과했다.

본격적으로 태풍이 시작됐다. 바닷바람이 창문을 쳐대면서 밖이 시끄러웠다. 임소우의 목소리를 들을 수 없었다. 리호는 며칠을 앓았다. 아무것도 못 할 만큼 열이 끓어올랐다. 처음엔 조금 더 자고 일어나면 괜찮아지겠지 했지만 아니었다. 아예 몸이 움직여지지 않았다. 열이 나서 머릿속에 수증기라도 생겨난 건지 땀과 눈물이 함께 섞여 베갯잇을 계속 적셨다.

아무것도 먹지 않았고 계속해서 잠만 쏟아졌다. 일어나려 해도 계속해서 눈이 감겼다. 자다 깨다를 반복하며 꿈이 조각처럼 깨져 나갔다. 소우가 빠짐없이 꿈에 나왔지만 가위에 눌린 것처럼 몸이 움직이지 않았다.

어떤 조각에선 불이 난 백화점 7층에서 뛰어내려가는 사람들을 그저 바라만 보면서 둘이 손을 잡고 있었다. 어떤 조각에선 물이 들어차는 소우의 서울 자취방에서 꼭 껴안은 채 잠겨갔다. 매일 전화를 주고받던 토론토의 벤치 위에서, 서로를 찾았던 주상복합건물의 비상구에서, 소우가 자라난 시설의 마당에서 둘은 함께였다. 무엇이 먼저인지 알 수 없는 꿈이 계속해서 이어졌다. 리호는 어느 순간부터 몸에 힘을 풀었다. 그냥 계속 소우와 함께할 수 있어 좋았다. 서른 살 생일에 소우를 꼭 데리고 가고 싶었던 캐나다의 천문대에서도 함께 있고 싶은데 한 번도 나오질 않았다.

중간중간 정신이 들었을 때 소리로만 어렴풋하게 들려온 뉴스의 내용은 점점 더 잔인해졌다.

아무도 주목하지 않았던 젊은 청년의 죽음은 심각한 살인 사건이 되었고 수사는 빠르게 진행되어 실시간으로 소식이 전달됐다.

천문대 관장 손 씨가 실신했다. 별이 좋아 천문학을 공부했던 남편은 별을 보기 위해 오지에 가거나 연구가 길어지면 소식이 잘 닿지 않았다. 너무 오랫동안 연락이 되지 않아 얼마 전 실종 신고를 했다. 평소 자선사업에 관심이 많았던 부부는 부모님을 따라 시설에 봉사를 다니며 알게 된 임 씨에게 취업을 알선해주었다가 비극으로 이어졌다.

정말이지 TV를 끄고 싶었는데 몸이 일으켜지지

않았다. 은혜를 원수로 갚은 경비원에게 폭력 전과 8범의 친형이 있다는 사실까지 더해졌다. 뉴스 속에서 소우는 악마처럼 변해가고 있었다.

사라진 해설사의 마지막 행선지가 산부인과였다는 사실과 태아 초음파를 찍었다는 소식까지 전해지면서는 더 그랬다.

시끄러운 소리가 들리면서 집으로 사람들이 들어오는 것 같았다. 이게 꿈인지 아닌지 구분이 가지 않았다. 잠시 마스터가 보이는 듯했다.

눈을 떴을 땐 병원이었다. 간호사는 리호의 상태를 체크한 뒤 한숨 푹 자라고 이야기해주었다. 영원히 자게 해주세요, 제발. 이제 일어나고 싶지 않아요, 하고 말하고 싶었지만 아무 소리도 나오지 않았다.

그리고 리호는 긴 잠에 들었.

납골당 앞 해변가에 소우가 앉아 있었다.

"울릉도에서는 수평선에 별이 올라가 있는 것처럼 보인대. 마치 프러포즈 반지처럼 말이야. 나도 거기서 너에게 프러포즈 할까 해."

어느 날의 전화처럼 소우의 목소리가 흘러나왔다. 그런 얼굴로 이야기하고 있었구나.

"누가 그래?"

"나랑 같이 일하는 분이 남자친구가 천문학자래."

"학자가 뭐 그런 소릴 해. 인터넷 광고 같아."

리호는 웃으며 그렇게 말했다.

소우는 수평선만 보고 있었다. 리호가 소우의 어깨에 머리를 기댔다.

"거기 가자. 프러포즈 해줘. 영원히 같이 있자."

그 말에 소우가 고개를 돌렸다.

"나중에. 우리 나중에 만나면 그러자. 더 멋진 곳을 많이 알아두고 있을게."

소우는 예쁘게 웃었다.

"어딘데, 그게."

"지구에선 안 보여. 내가 보여주기 전까지 넌 절대 못 봐. 그러니까 기대해. 아름다운 걸 기대하며 살아. 내가 못 본 지구의 아름다운 순간들을 네가 다 보고 와서 나한테 자랑해줘."

"우주랑 지구가 대결이 되냐? 사이즈가 너무 불공평하잖아."

"그럼 지든가."

소우는 킥킥대며 웃었다.

"만날 수는 있는 거지?"

"당연하지. 네가 날 이길 만큼 행복하고 아름다운 순간들을 다 보고, 그다음에 우린 만나. 무조건."

"그러다 내가 할머니라서 네가 못 알아보면 어쩌지."

"그럴 리가 있냐. 여기는 영혼만 남아서 그런 거 없어. 다 예뻐."

"너도 예뻐?"

"응. 나도 엄청 예뻐."

"살아 있었을 때처럼 안 예뻐야 알지. 그럼 내가 어떻게 알아보냐."

"내가 알아볼 테니까 넌 그냥 걱정 말고 살아."

소우가 리호를 바라봤다.

분명 얼굴은 소우인데 몸이 잘 보이지 않았다. 모래사장에 쪼그리고 앉아 있는 모습이 뭉그러졌다.

"너 무슨 옷 입고 있어? 안 보여."

"내가 가장 좋아하는 청바지랑 네가 마음대로 잠옷으로 만들어버린 내 티셔츠. 줄무늬 초록색."

그제야 사라지는 모습이 어렴풋이 돌아왔다.

"신발은?"

"맨발이야, 바보야. 여기 모래사장이잖아."

소우의 발이 보였다. 발가락도 발톱도 복숭아뼈

도 소우였다. 선명하지 않아도 다 보였다. 하지만 이내 조금씩 그 선이 다시 뭉그러졌다.

"얼굴은 좀 천천히."

리호가 말했다.

"응. 얼굴은 천천히."

소우가 끄덕였다. 바다가 사라지고 모래도 사라지고 모든 것이 다 사라질 때까지 소우의 얼굴이 남아 있었다. 리호를 바라보는 그 눈이 마지막이었.

리호가 눈을 떴을 때 밖은 햇살이 밝았다.

얼마나 시간이 흘렀는지 알 수 없었다. 눈앞에 피곤한 얼굴의 다름이 보였다.

며칠 만에 마주한 다름은 딱 보기에도 상태가 좋지 않았다. 새벽에 도착해 차에서 내린 그의 몰골은 산 사람의 것이 아니었다. 건포도처럼 말라비틀어진 얼굴이 그사이 그가 어떤 심정으로 산을 파헤치며 다녔는지를 보여주는 것 같았다.

"괜찮아요?"

다름이 리호에게 물었다.

"누가 누구한테 하는 소리예요, 지금."

여름잠 푹 자고 실컷 충전했는데 어디 그런 낯빛을 나랑 비교하냐는 리호의 말에 다름의 얼굴에 옅은 미소가 생겼다.

"좀 쉬어요."

"정아현 씨 찾았어요?"

다름이 고개를 저었다.

"어떻게 됐어요?"

"계속 수사 중이에요."

"나 일어날래요."

리호가 몸을 일으켰다.

"차리호 씨."

다름의 얼굴은 어두웠다. 아직 찾지 못했을 뿐, 아현이 살아 있을 것이라는 희망을 갖는 것은 힘들어 보였다.

"김차성과 정아현의 관계에 대해서는 제가 수사팀에 충분히 전달했습니다. 자료도 다 넘겼으니까 조금만 더 기다리면 뭐든 나올 거예요."

"또 팀에서 쫓겨났어요?"

아현과 아는 사이라는 이유로 다름은 수사에 참여할 수 없었다. 정직 중에 사고 친 것을 무마해주는 것으로 조용히 복귀하라는 명령이 내려왔다.

"형사님."

"네."

"울릉도 가봤어요?"

뜬금없는 리호의 말에 다름이 고개를 저었다.

"울릉도에서는 별이 수평선에 걸쳐져서 다이아 반지처럼 보이는 순간이 있대요. 거기서 소우가 나한테 프러포즈 하고 싶다고 했거든요. 같이 일하는 분한테서 그 얘길 들었대요. 자기 남자친구가 천문학자인데 울릉도에서 나고 자랐다고. 그래서 그분은 결혼하면 울릉도에 가서 살고 싶다고 했대요. 우리가 놀러가면 맛집을 알려준다 그래서 거기서 프러포즈를 하고 맛있는 걸 먹으러 가자고……. 그런 시시콜콜한 얘길 나한테 했었는데 내가 이제야…… 이제야 기억이 났어요."

다름은 가만히 리호의 말을 듣고만 있었다.

"뭐라도 더 해보고 싶으면 나랑 울릉도라도 가볼래요? 만약 정아현 씨가 살아 있다면요."

"살아 있을까요?"

"모르잖아요, 아직."

# 12

 여름 성수기, 그것도 당일에 갑자기 울릉도에 갈 수 있는 방법은 없었다. 무엇보다 오늘은 증편된 배편마저 끝난 후였다. "글쎄요. 내일 현장으로 와서 자리가 나길 기다려보세요. 계속 태풍이라 배가 못 떠서 잘 안 날 테지만요." 저 멀리 포항까지 수소문해봤지만 소득이 없었다.

 결국 하는 수 없이 두 사람은 내일 선착장에 일찍 가보기로 했다. 그나마 가장 가까운 강릉, 다음으로 묵호를 노려보기로 하고 가방을 싸두었다.

 마스터에게도 잊지 않고 살려줘서 고맙다고, 곧 돌아와서 은혜를 갚겠다는 인사를 했다. 마스터는 은혜는 무슨 네가 까치냐, 다 나으면 술이나 먹으러 와,

하며 데면데면 굴었지만.

김차성의 고향이 울릉도가 맞다는 것을 확인하는 데에는 그리 오랜 시간이 걸리지 않았다. 시신이 발견된 후로 인터넷에는 사건과 연관된 사람들의 정보가 필요 이상으로 많이 공개되어 있었다. '고등학교 동창입니다. 힘든 친구가 있으면 도와주고 공부도 잘하는 모범생으로 차성이는 참 좋은 친구였어요' 같은 댓글도 있었다. 언급된 고등학교가 울릉도 소재지였으므로 그리 어려운 과정은 아니었다.

혹시 몰라 핸드폰을 확인했다. 아직 오전 8시 반이었다. 임소우는 며칠째 전화를 하지 않았다. 리호가 아팠던 동안 온 부재중 전화도 없었다. 정말 태풍의 영향을 받아 연결이 끊어졌던 걸까.

하지만 태풍은 이제 끝이 났다. 분명 하늘이 맑은데 전화가 오지 않았다.

네가 안 되는구나. 작년엔 특히나 몇 개의 태풍이 이어서 동해를 찾아왔다. '성수기 막바지, 상인도 피서객도 울었다.' 작년 기사가 날씨 밑으로 이어졌다. 별일 없겠지. 아현의 시신이 발견됐다는 말을 전한 후로 연락하지 못해 걱정이 되었다. 그곳에선 부디 누명 같은 건 쓰지 않았길 바랄 수밖에 없었다.

선착장에는 알록달록한 등산복을 입은 중년의 단체 관광객들이 모여 있었다. 여름 휴가를 가는 가족들도 더러 보였다. 새벽만 해도 파도가 높아 배가 결항될지도 모른다는 이야기가 있었지만 그사이 바다가 조금 잠잠해졌는지 배는 출발 준비를 하는 것 같았다.

"날이 화창한데 오늘은 배가 뜨겠죠?"

리호의 물음에 배의 운항은 날씨가 화창한 것이랑은 전혀 상관이 없다고 안내소의 아줌마가 이야기했다. 그녀의 옆에서 기다린 지 한 시간이 좀 지났을까 기적처럼 취소분 두 자리를 얻었다.

"운이 진짜 좋으신 거예요. 어느 단체에서 부부가 사정이 생겨 못 오신 모양이에요."

아줌마가 생색을 내며 이야기했다. 사라진 전 남자친구와 전 여자친구 때문에 골병이 난 두 사람에게 운이 좋다는 말은 그다지 어울리지는 않았다. 하지만 두 사람은 감사하다고 연신 고개를 숙였다.

승선이 끝나고 배가 시동을 걸었다. 새벽부터 나와 있었을 대부분의 사람들은 배가 출발하기도 전에 곯아떨어진 상태였다.

며칠을 한숨도 못 잔 것 같은 얼굴로 다름이 창밖

을 내다봤다.

"승객 여러분, 저희 여객선은 잠시 후 울릉도 도동항에 도착할 예정입니다. 하선 준비를 해주시기 바랍니다. 하선 시에는 승무원의 안내에 따라 순서대로 이동해주시고 소지품을 꼭 챙겨주시기 바랍니다."

안내 방송이 들려오자 사람들이 벌써부터 들썩들썩 움직였다. 깊게 잠든 아이들을 깨우거나 벌써부터 들어 안는 부모도 있었다.

한껏 들뜬 사람들 뒤로 다름과 리호가 줄을 섰다.

"아현이가 울릉도에 왔다면 승선 기록이 있어야 해요. 그동안 행적을 찾을 수 없었으니까 다른 신분을 썼을 가능성이 높아요. 만에 하나 임신한 상태였다면 병원을 갈 수밖에 없으니 일단 그쪽으로 가보죠."

모두가 맛집과 해수욕장, 혹은 숙소를 찾아 뿔뿔이 흩어지는 사이 리호와 다름은 항구에 모여 있던 렌터카 직원을 통해 급하게 남는 차를 렌트했다.

"6개월 사이에 이곳에서 출산을 했던 환자가 있습니까?"

"여긴 분만 시설이 없어요."

간호사가 경계하는 얼굴로 다름을 봤다. 보건의료원은 울릉도의 유일한 병원 시설이었다.

"그럼 신생아 환자가 다녀간 진료 기록을 좀 볼 수 있을까요?"

"뭐 때문에 그러시는데요? 환자 개인정보를 알려드릴 수는 없어서요."

"아, 경찰입니다."

다름의 신분증을 확인하고 간호사는 훨씬 부드러워진 얼굴로 잠시만요, 하고 어딘가로 갔다. 역시나 다름의 직권 남용이 필요한 일이었다. 렌터카 업체에서 말도 안 되는 가격을 불렀을 때도 다름의 신분은 요긴하게 쓰였다.

조금 뒤 잔뜩 뽑은 종이를 들고 간호사가 돌아왔다. 진료 기록을 정리한 것이었다.

울릉도에서 자라고 있는 신생아 수는 리호의 예상보다 많았다. 당연하게도 보호자의 이름 중 정아현이라는 이름은 없었다. 올해 이 의료원을 다녀간 6개월 미만 아기가 열한 명이나 되었다. 현재 울릉도에 거주 중으로 확인되는 아기는 총 여덟 명. 보호자의 나이대가 다들 비슷해서 이 아기들의 집을 일일이 찾아보는 수밖에 없었다. 사실 아현이 출산을 했는지도 확신할 수 없었다. 하지만 그렇다고 딱히 다른 방법이 있는 것도 아니라서 두 사람은 주소지를 받아 들고 다시 차에 올랐다.

"오늘 안에 다 가볼 수 있을까요."

"해봐야죠."

사람을 찾는 것은 드라마나 영화에서처럼 쉬운 일은 아니었다. 집을 찾아간다 하더라도 사람이 없는 경우에는 확인이 더 어려웠다. 오후 3시가 넘어가도록 네 집만 겨우 확인하고 잠시 편의점에 들렀을 때였다. 리호가 가볍게 먹을 만한 것들을 사 들고 나오는 사이 다름은 어디로 갔는지 보이지 않았다. 화장실에 갔나 하고 차 앞에서 몇 분을 기다리는데 조금 상기된 얼굴로 다름이 달려왔다.

"찾았어요. 6개월 전 포항에서 출산을 하고 울릉도에 살고 있는 편모 가정. 한 집밖에 없어요."

다름이 동료에게 부탁해 알아낸 정보였다. 다름의 얼굴에서 약간의 희망이 보이는 것 같았다.

울릉도 동쪽 해변가의 한 주택은 차로 20분 거리에 있었다.

다름은 아무 말이 없었다. 그들의 죽음과 아현이

상관 있는 걸까. 다름의 머릿속이 점점 더 복잡해져 왔다. 도착까지 남은 시간은 5분 남짓이었다. 아현은 정말 살아 있을까. 죽지 않고 살아서 여기 숨어 있는 걸까. 희박한 가능성이라고 생각하면서도 다름은 긴장감에 마른침을 계속해서 삼켰다.

그때 다름의 전화가 울렸다. 모르는 번호였다.

―오래 찾아다녔어요, 해설사님.

핸드폰 스피커에서 누군가의 목소리가 들려왔다. 거리감이 느껴졌지만 알아볼 수 있었다.

"이 목소리 손부희 관장님 아니에요?"

리호가 말했다. 곧이어 또 다른 누군가의 목소리도 들려왔다.

―여기 어떻게 알고 오셨어요?

떨리지만 또박또박 크게 말하려고 노력하는 목소리였다. 멀리서 아기 우는 소리도 들려왔다.

―왜 다들 내 선의를 이렇게 갚아요. 내 남편을 죽였는데 그럼 내가 가만히 있을 줄 알았어요?

―그건…… 차성 씨가 제 목을 졸라 죽이려고 해서였어요.

그날의 진실이 전화기 너머로 들려왔다.

― 저 자수할 거예요. 아이 때문에 그동안 이렇게

있었지만 이제 제가 나가서 다 얘기할게요. 차성 씨 지하실에서 발견된 거, 관장님이 하신 거죠? 소우 씨도……. 소우 씨는 절 구하려다가 사고를 당한 거잖아요.

그 말에 리호의 심장이 철렁였다.

―아, 소우 씨. 참 안됐지. 소우 씨한테 미안해요? 곧 만날 테니 사과하세요, 그럼. 만나면 뭐 하나만 물어봐줄래요? 그날 해설사님을 구하고 죽어버린 것과 내 계획대로 정아현 살인 사건의 범인으로 누명을 쓰고 감옥에서 살게 되는 것 중에 뭐가 더 나았을지. 난 그게 가끔 궁금했거든요.

―그날 일부러 소우 씨를 천문대로 부른 건가요?

아현이 떨리는 목소리로 확인하듯 물었다.

―그럼 어떡해요. 해설사님은 죽여야 하고, 내 남편은 살인자가 되면 안 되는데. 범인이 있어야죠. 자살은 시켜도 안 했을 거잖아요. 지금도 이렇게 뻔뻔하게 살아 있는데.

―자…… 잠시만요, 관장님. 저 그냥 아이랑 여기서 조용히 살게요. 잘못했어요. 절대 이 섬 밖으로 안 나갈게요.

아현은 겁에 질려 있었다.

―나도 그랬으면 좋겠지만, 알고 있죠? 지금 밖이 많이 시끄러워요. 해설사님 찾는다고. 근데 나는 지금 너무 중요한 기로에 서 있어요. 내가 평생을 바쳐서 기다려온 시간이라고요. 알아들어? 나는 내 부모한테서 그걸 받기 위해 이렇게 평생을 노력하며 살았는데 다들 정말……. 왜 이렇게 나를 방해해!

―아…… 아악!

전화기 너머로 울음이 섞인 비명 소리가 들려왔다. 급정거한 차에서 다름이 내려 전속력으로 뛰기 시작했다.

뒤따라 달린 리호가 현장에 도착했을 때 칼에 찔린 아현이 피를 흘리며 바닥을 뒹굴고 있었다. 다름은 아기를 향해 칼을 치켜든 부희를 붙잡아 제압하고 있었다. 부희는 울음 같기도 비명 같기도 한 이상한 괴음을 내지르며 발버둥쳤다.

리호는 피를 흘리는 아현에게로 다가갔다.

"정아현 씨, 괜찮아요?"

숨을 가쁘게 내쉬며 아현이 고개를 끄덕였다. 다행히 옆구리 쪽 상처는 깊지 않아 보였다. 리호는 급한 대로 주변에 보이는 수건을 가져와 아현의 상처 부위를 압박했다. 이 모든 일과는 아무런 상관이 없다는 듯 아이는 곤히 잠들었다.

부희는 항구에서 가장 가까운 파출소의 임시 유치장 구석에 조용히 앉아 있었다. 리호는 그 모습을 바라봤다. 한쪽에선 순경이 아현의 아기를 안고 있었다. 다행히 아현의 상처는 깊지 않았고 병원에서 응급처치를 하는 중이었다.

"처음부터 그럴 의도로 소우를 불렀어요?"

리호의 말에 부희가 고개를 들었다.

"그 일을 뒤집어씌우려고 천문대까지 불렀냐고요."

부희는 여전히 차분한 얼굴이었다.

"아버지가 소우 씨를 참 예뻐했다고 했잖아요. 난 아버지의 인정을 받고 싶었을 뿐이에요. 소우 씨에 대한 악감정은 전혀 없었어요. 가장 뒤집어씌우기 쉬웠으니까 어쩔 수 없었고요. 본인이 굳이 돈이 필요하다고 했으니까. 근데 그 친구가 별을 좋아한다는 걸 내가 간과한 거죠. 밤 9시 넘어 올라가 봐달라고 했는데 그전에 올 거란 생각을 못 했어요. 당신한테는 유감이네요."

전혀 죄책감이 없어 보이는 부희의 모습에 리호

는 떨리는 손끝으로 감정을 겨우 억눌렀다.

"소우 씨 캐나다에 가고 싶어 했어요. 그래서 야간 근무도 자처했고. 소우 씨가 그렇게 된 건 참 안됐어요. 삶이 참 기구했다, 그쵸?"

# 13

 리호는 세탁기 앞에 앉아 거품 속에서 돌아가는 소우의 옷들을 물끄러미 바라봤다. 세탁기 안에는 리호가 자주 잠옷으로 삼았던 초록색 줄무늬 티셔츠도 있었다. 그동안 해둘 생각을 왜 못 했지. 소우의 짐은 커다란 박스 두 개와 50리터 종량제 봉투 하나에 모두 정리되었다.
 더 이상 매미가 울지 않는 시기가 왔고 많은 일들이 있었다. 세상은 여름밤 천문대의 일로 한참 시끄러웠다.
 그날의 진실은 채널을 돌릴 때마다 다른 목소리의 기자가 보도하는 같은 내용으로 계속해서 퍼져나갔다. 마치 짧은 드라마처럼 이야기가 긴장감 있게 흘러갔고 리호는 그게 씁쓸했다. 그럼에도 소우의 마지막에 대해 하나라도 놓치지 않으려 모든 뉴스를 챙겨 보았다.

그날 천문대에는 소우 말고 세 명이 더 있었다. 불륜 관계였던 차성과 아현 사이에서 아이가 생겼고 부희가 이 사실을 알게 되었다.

재산 상속을 앞두고 있었던 부희는 사회적 위신을 중시하는 부모님에게 이 사실이 알려져서는 안 된다는 생각뿐이었다.

부희는 차성에게 아현의 죽음을 사주했다. 아현이 죽고 나서 안전하게 죄를 뒤집어씌울 사람이 필요해졌고, 추가 근무를 핑계로 소우를 일부러 천문대에 불렀다. 소우는 부희의 계획대로 천문대 입구 CCTV를 거쳐 천문대 안으로 들어왔지만 부탁한 시간보다 일찍 온 것이 문제였다. 곧장 옥상으로 향한 소우는 아현을 살해하려던 차성을 발견했다. 차성과 몸싸움을 하다가 소우는 옥상 아래로 추락했다. 이 틈에 아현은 차성이 준비해온 흉기를 뺏어 차성을 찔렀다. 차성은 급소가 찔려 손쓸 새 없이 쓰러졌다. 아현이 옥상 아래로 달려가 확인했지만 소우는 미동이 없었다. 아현은 신고를 하려고 했으나 천문대로 들어오는 부희를 발견하고 도망쳤다고 진술했다.

이후 상황을 파악한 손부희는 남편의 시신을 지하실에 유기했으며 소우의 죽음은 자살로 위장했다. 추후에 차성의 시신이 발견될 상황까지 염두하여 현장에 남은 흉기에 소우의 지문을 묻혀 지하실에 같이 두었다.

"손 관장은 급전이 필요했던 경비 임 씨의 심리를 이용해 몇 주 동안 임시 야간 경비를 부탁했습니다. 캐나다살이를 고민하는 임 씨에게 그곳에서 자리를 잡을 수 있도록 지인을 소개해주겠다는 제안을 했다고 시인했습니다."

세상은 부희가 얼마나 치밀하고 인간성이 없는 사람인지에 대해 집중 보도했으며 외도를 했던 남편은 오히려 불쌍한 희생자가 되어 동정을 얻었다.

아현 역시 치료를 받고 퇴원하여 부희와 함께 조사를 받았다. 그녀의 아이는 다름이 맡아 보살피고 있는 것 같았다.

―보육원에서 손부희 씨가 숨겨둔 임소우 씨 핸드폰이 나왔어요. 사건 이후에 업무용 핸드폰으로 바꿔치기한 것 같더라고요. 궁금하실 것 같아서요.

다름은 조용한 리호가 걱정이 되었는지 종종 전

화를 걸어왔다.

—아직도 그 임소우 씨 허깨비가 들려요?

"왜요?"

—미안하다고 좀 전해주세요. 오해해서 미안하다고요.

모든 것이 끝났다. 결과적으로 소우는 살인도 자살도 하지 않았다. 무고한 희생자가 된 소우를 사람들이 추모했다. 리호가 옳았고 소우는 배신하지 않았다. 그 모든 사실을 알게 되었을 때 리호의 마음은 어딘가로 가라앉기 시작했다.

"마지막으로 한 번 더 살펴봐요."

짐을 트럭에 싣고 나자 주인집 아주머니가 나와 리호에게 말했다. 소우의 사정을 알게 된 후로 아주머니는 리호를 볼 때면 손을 잡고 위로했다. 하지만 리호는 그 위로가 조금은 불편했다. 그 감정이 무엇인지는 스스로도 정의 내리지 못하고 있었다.

리호는 소우의 집으로 들어섰다. 활짝 열린 현관과 창문 사이로 바람이 휭휭 세게 불어왔다.

먼지까지 싹 쓸고 나니 안 그래도 어설펐던 집이 더 횅해진 것만 같았다. 소우가 이사 오기 전부터 원래 있었다는 침대만 덩그러니 놓여 있었다. 리호는 나가려다 침대 옆으로 삐져나온 뭔가를 발견했다. 그것을 잡아당기자 소우의 이름과 영문명, 전화번호가 적힌 이름표가 따라 올라왔다.

매트리스 아래 무언가 있는 듯 보였다. 양손으로 매트리스를 들어 올리자 그 아래에서 커다란 무언가가 드러났다.

이민용 사이즈의 캐리어는 비밀번호로 잠겨 있었다. 727. 비밀번호는 리호의 것과 같았다. 그 가방 안에는 리호가 골라준 컵과 그릇, 함께 샀던 온갖 살림살이가 모두 들어 있었다. 리호가 그 물건들을 하나둘 꺼내보았다. 물건들 밑에 깔린 흰 봉투 안에 캐나다 달러가 들어 있었다.

―캐나다는 어때.

"좋아. 이참에 여기서 눌러살까? 너도 불러가지고?"

별생각 없이 했던 말들이 떠올랐다.

"현금은 꼭 안쪽 지퍼에 넣으라더니……. 잃어버리면 어쩌려고."

리호는 애써 덤덤하게 지퍼를 열고 그 안에 봉투를 넣었다.

캐리어 구석에서 돼지 저금통도 나왔다. 소우와 리호가 매년 생일마다 소원을 적어 넣었던 그 돼지 저금통이었다.

혼자만 서른이 된 리호는 혼자서 돼지의 배를 갈랐다. 그리고 작게 접은 종이들을 펴 확인했다. 글씨체만 봐도 누가 썼는지 알 수 있었다. 내기는 리호의 압승이었다. 리호의 소원은 아주 단순한 것들이었으니까. 그리고 자신을 위한 것이었으니까.

'내년엔 빚을 반으로 줄이게 해주세요.' '돈 많이 주는 곳에 취업하게 해주세요.' '로또 되게 해주세요.' 몇몇 개 말고는 대체로 이루어진 소원들이었다.

그런데 소우의 소원은 이뤄졌는지 아닌지를 판정할 수 없는 모호한 것들이었다.

'리호가 새로운 직장에서 행복했으면 좋겠다.' '리호가 캐나다에서 무사히 돌아오기를.' '빨리 서른이 오길.'

"사람 바보 만드는 것도 정도가 있지."

소우의 소원 중 자신을 위한 것은 딱 하나였다. 마지막 소원, 리호가 캐나다에 갔던 해에 처음으로 떨어져 지낸 생일날의 소원이었다. 소우는 혼자서 소원을 적어 넣었다.

'곧 만나. 잘 살자.'

"짜증 나, 진짜."

'정말 날 사랑했던 게 맞았을까.' 그동안의 의문이 한심해질 만큼 짜증 나는 소원이었다.

리호의 몸이 커다란 이민 가방 위로 기울어졌다.

손부희와 김차성 부부가 체포되고 수사는 잘 마무리되는 것 같았다. 경찰서를 오가면서 몇 번 진술을 마친 후에는 소우에게 별다른 연락이 더 오지 않았다. 세상을 떠들썩하게 하던 뉴스가 잠잠해지고 이 동네도 조금씩 진정되고 있었다.

"집 나가면 연락 주세요."

"서울로 가는 거야? 아쉽네."

주인집 아주머니가 아쉬운 얼굴을 했다. 아쉬운 것은 소우도 마찬가지였다. 밤이 되면 빛이 없어지는 이 고요한 마을이 도시로 가면 많이 그리울 것이다. 도시에서 별을 보며 살 수 있는 기회는 좀처럼 얻기 힘든 것이니까.

이곳에 오기 전 소우의 삶을 생각해보면 뭐가 없었다. 나빴다, 힘들었다가 아니라 없었다는 표현이 맞았다. 기댈 가족도, 친구도, 꿈도 없었다. 몇 가지 취향만으로는 삶의 동력을 얻지 못한다. 소우는 아주 어려서부터 얻은 우울이 그 원인임을 알고 있었지만 마주하는 것이 쉽지 않았다. 해결할 수 없다고 생각했으니까.

하지만 이제는 나가서 할 일들이 좀 생긴 것 같았다. 서울로 가면 정군이 소개해준 곳에서 일을 하려고 한다. 돈을 많이 주는 것은 아니었지만 그래도 카메라를 만지는 일이라 재미있을 것 같았다.

몇 년 전, 아르바이트를 할 때 만난 정군은 항상 살가웠다. 그게 소우는 조금 불편했다. 가지고 있는 카메라를 슬쩍 쳐다보는 것만으로도 "만져볼래?" 하며 거침없이 소우에게 말을 걸어왔다. 그런 사람도, 상황도 익숙하지 않아 소우는 매번 반보 물러섰다.

하지만 다른 우주의 다른 미래를 알게 되면서는 달랐다.

일이 끝나고 집으로 돌아왔을 때 소우는 정군에게 전화를 했다. 왜인지는 모르겠지만 이 이야기를 정군에게 하고 싶었다. 그러고 나니 긴장되어 있던 마음이 조금은 풀리는 것 같았다. 정군은 야, 대단하다, 미쳤다, 하며 정군다운 반응을 보여주었다.

그러더니 일이 필요하면 고민 말고 올라오라고 했다. 자연스레 자신의 일상적인 이야기도 했다.

"올라오면 술이나 한잔하자."

친구들끼리 하는 평범한 대화를 주고받다가 통화를 마무리 지었다. 별거 아닌 일일지 몰라도 소우의 삶에서는 없던 것이었다.

지난여름부터 소우의 삶은 조금씩, 어쩌면 완전히 달라졌다. 리호도 그럴까. 그곳에선 아현이 아닌 차성의 시신이 발견됐고 아현은 살아 있다는 소식도 간단히 전해 들었다.

"넌 괜찮은 거지? 잘 해결된 거지?"

—응. 해결됐어, 여기도. 고마워.

나 이제 카메라 제대로 배우려고. 서울에 일도 구했어. 형도 뭐 조금은 상대할 만해. 넌 어때? 술은 좀 줄였어? 몸은 괜찮아? 하고 싶은 말도 묻고 싶은 말도 많았지만 소우는 할 수 없었다.

뚝. 7분이 채 되지 않아 전화가 끊겼다. 리호가 힘들어하고 있다. 목소리에서 그것이 느껴졌다.

다음 날 전화했을 때 리호는 술에 많이 취해 있었다. 흐느끼며 하는 말은 도무지 알아들을 수가 없었다.

"뭐라는 거야. 야."

웃으면서 말했지만 소우는 알고 있었다. 남자친구를 더 이상 미워할 수 없게 된 리호에게 남겨진 건 참을 수 없는 그리움과 죄책감일 것을.

그 사실이 마음 아팠지만 해줄 수 있는 것이 없었다. 이 세계의 소우 역시 소우였지만 리호에게만은 소우일 수 없었다.

소우는 해수욕장을 걸었다.

'휘영청'. 리호가 좋아하는 술집이었다. 소우는 문을 열고 들어갔다. 오후 5시가 넘었지만 아직 밖이 환했다.

영업 시간인데도 노랫소리는커녕 불도 켜지지 않은 상태였다.

"어떻게 오셨어요?"

바에 앉아 혼자 술을 마시고 있던 마스터가 소우를 발견하고 물었다.

"오늘 장사 안 하시나요?"

"아무래도 그럴 것 같은데요."

"아, 네……."

소우가 돌아서려는데 "그냥 내가 마시던 거 한잔 드릴까요?" 하고 마스터가 물었다.

평소 같으면 사양하고 나왔겠지만 소우는 말없이 마스터 근처로 가 앉았다.

"이것만 마시고 가려고 했는데 손님이 왔네요."

마스터는 혼잣말처럼 이야기했다.

"감사합니다. 이제 곧 여길 떠나서요. 줄곧 한번 오고 싶었는데……."

"여길 왜요?"

마스터가 소우에게 술을 따라 주며 물었다.

"감사합니다."

소우는 술잔을 받아 들었다.

"제 친구가 엄청 힘들 때 사장님이 주신 음식이랑 술 먹고 다시 살고 싶어졌다고 해서요."

그 말에 마스터가 애매한 표정을 지었다.

"그랬대요?"

"네."

"만나면 데리고 와요, 또."

"네. 그럴게요."

마스터가 바에서 일어나 주방으로 향했다.

"어디 가시려고요?"

"장사해야지, 뭐. 손님이 왔는데."

마스터는 주문을 받지도 않고 주방으로 들어갔다. 소우도 리호에게 말로만 듣던 묻지도 따지지도 못하는 마스터의 술상을 받게 되었다.

"잘 마시기는 하는데……. 잘 버티는 것 같지는 않네. 괜찮은가."

술을 가져다주면서도 마스터는 긴가민가한 얼굴로 소우를 바라봤다.

"아, 이따가 친구가 전화할 거라서요. 센 걸로 주세요. 센 술로."

"친구랑 전화하는데 이렇게 술을 마셔도 돼요?"

"저보다 걔가 더 많이 취해 있을 거라 괜찮아요."

"놀라운 끼리끼리구먼."

마스터는 피식 웃고는 서비스 안주를 가져다줬다.

"이제 마지막일지도 모른단 말이에요. 맞다, 마스터! 내일 태풍 오는 거 아세요?"

"마스터? 이상한 호칭으로 부르지 마세요. 내일 태풍 오는 게 뭐요."

"술 좀 더 주세요. 내일부터 쭉 태풍이 와요. 그러니까 오늘이 마지막일지도 모르는 거거든요. 많이 마셔야 제가 걔가 하는 말을 다 알아들을 수 있잖아요."

취했네, 취했어. 마스터는 고개를 저으며 주방으로 들어갔다.

소우가 시계를 봤다. 곧 밤 9시였다.

"어! 마스터 여기 치우지 말고 계세요! 제가 잠깐만 친구랑 통화하고 올게요! 여기 지갑 두고 가니까 의심하시면 안 돼요!"

소우가 비틀거리며 일어섰다. 한 손에는 마스터가 따라 준 잔을 든 채였다.

"이 속도면 문 닫고 쫓아가도 잡겠네. 지갑 타령은."

마스터가 문을 열어주며 말했다.

눈앞에 까만 바다가 울렁울렁 보였다. 파도가 울렁이는 건지 땅이 울렁이는 건지 잘 분간이 되지 않았다. 소우는 정신을 차리려고 애쓰며 리호의 번호를 눌렀다.

"야! 너 이제 말해도 돼."

―후…….

전화기 너머로 깊은 한숨 소리만 들려왔다.

"헤이! 리호! 마지막일지도 모르는데 목소리 좀 들려주라!"

소우가 밝게 소리쳤다.

―……싶어.

"뭐? 뭐라고? 크게 말해봐!"

―……미안해.

"어, 들린다. 역시 술을 마시니까 네가 뭐라 하는지 들리는구나."

소우가 손에 들린 술을 입에 털어 넣었다.

―……싶어, 소우야.

"응. 이제야 들려. 나도, 나도 보고 싶었어, 리호야."

소우는 리호가 이 목소리로 듣고 싶었을 말을 건넸다.

# 14

며칠간 또 임소우에게서 전화가 오지 않았다. 작년 이맘때 찾아온 태풍의 영향인 것 같았다. 그사이 리호는 휘영청을 전세 낸 것처럼 죽치고 앉아 술을 마셨다.

"숙취가 오기 전에 술에 취하면 괜찮을까?"

"치매 걸려."

마스터는 냉수나 먹고 집에 가 자라며 몇 번 리호를 돌려보냈다.

자고 싶지 않았다. 잠들면 꿈에 소우가 나온다. 최근 들어서는 리호가 제대로 기억하지 못했던 소우와의 통화가 자주 꿈에 나왔다. 그때는 그냥 흘려들었던 말들이었다.

―캐나다는 아파트가 얼마야?

"여긴 아파트 거의 없어. 갑자기 그건 왜?"

―아니. 캐나다에선 돈이 어느 정도로 있으면 좀 행복하게 살 수 있나 해서.

"아파트가 행복이냐."

공원 벤치에 앉아 리호가 말했다. 리호는 호숫가의 작은 벤치에서 보이는 풍경을 좋아했다. 매일매일 이곳에서 여유를 부리는 사람들을 리호는 소우에게 세세히도 설명하곤 했다.

"여기 부자들은 다 주택 살아. 땅덩이가 크잖아."

―그럼 커다란 마당에 자동차 주차하고 기쁘게 살아봐?

"자동차가 기쁨이야?"

그럼, 집이랑 차가 행복이고 기쁨이지, 평소의 소우라면 절대 하지 않았을 말이었다. 소우는 어디로 가면 별이 예쁜지 먼 우주에는 무슨 일이 있는지 같은 무용한 소리만 하는 사람이었다.

"너답지 않게 왜 그런 얘기를 해."

―돈 많이 벌어서 비싼 외식도 실컷 하고, 우리도 그렇게 살자.

리호는 숙취에 인상을 쓰며 일어났다. 어디서부터 어떻게 해결해야 할지 갈피를 잡을 수가 없는 고통이 또다시 시작됐다.

리호가 인상을 쓰며 머리를 짚었다.

지난밤 정군이 보내준 메일에서 소우가 그동안 찍어둔 사진들을 봤다. 소우의 카메라에는 온통 별로 가득했다. 소우는 별이 가득한 하늘이면 충분한 사람이었다.

하지만 리호는 어려서부터 늘 욕심이 많았다. 타고난 성미였는지 아니면 뭐든 부족했던 환경 때문인지는 몰라도 항상 그랬다. 질투도 심했고 가끔씩은 악착같다 못해 수단과 방법을 가리지 않았다. 손에 실컷 쥐어본 적이 없어서라고 합리화를 해봤지만, 사실 리호는 그건 그냥 본성이라는 것을 알고 있었다. 그런 자신을 한편으로는 혐오했다.

아빠가 돌아가셨을 때도 그랬다.

아빠의 장례가 끝나고 엄마가 리호에게 말했다.

"남은 빚은?"

"엄마가 알아서 할 수 있어. 시간도 많아졌고. 고생 많았다. 미안하다."

엄마는 다정함 없는 메마른 눈으로 말했다. 올 여

유도 없다고, 이모는 엄마가 그 말을 하는 게 가장 마음 아팠다고 했다.

사실은 자신을 탓하고 싶었을 것이라고 리호는 줄곧 생각했었다.

아빠가 위독하다는 연락을 받고 갔을 때 의사가 엄마에게 물었다.

"연명 치료 중단하신다고 따님이 말씀하신 것 맞죠?"

리호가 달려왔고 아빠의 심장세동기가 처음 보는 모양으로 요동치고 있었다. 엄마는 차가운 눈빛으로 잠시 리호를 봤다. 그러고는 뒤돌아 의사에게 "네" 하고 고개를 끄덕였다.

리호는 그 눈빛에 아직 갇혀 있다. 내가 좀 편히 살고 싶은 마음에 아빠를 죽인 것이라고, 엄마는 리호를 탓하고 싶었던 걸까. 엄마의 마음을 마주하고 싶지 않아서 리호는 캐나다행을 결정했다. 딱 2년이면 빚을 모두 정리할 수 있을 것만 같았다. 그러고 나면 정말 내 인생을 살아야지. 파도 앞에서 모래를 쌓아 올리는 삶에서 벗어나야지. 2년 후 모든 것이 뜻대로 됐지만 엄마도 리호도 그다지 행복한 모습은 될 수 없었다.

소우와 만나는 동안에도 그랬다. 늘 리호는 더 많은 것을 원했다. 무엇을 해도 만족하지 못한 채 꿈만 꿔온, 그 많은 욕망들이 소우를 죽음까지 몰고 갔을 것이라고 리호는 생각했다.

처음부터 캐나다에 가지 않았더라면. 애초에 소우와 만나지 않았더라면. 리호는 시간을 거슬러 오르며 모든 경우의 수를 뒤집었다. 그러다 결국 자신이 소우가 죽은 원인이 되었다는 결론에 도달했다.

소우의 인생에 리호가 나타나지 않았더라면 어땠을까. 상상해볼 필요도 없었다.

아주 평온하고 행복할 그 모습을 리호는 알고 있다.

리호는 모래사장에 앉아 바다를 바라봤다. 바다는 늘 그렇듯이 커다란 파도를 만들었다.

핸드폰 화면에 불이 들어왔다. 음성 메시지 3건.

'소우'.

한참 망설이던 리호는 결국 그 반가운 이름에 손가락을 가져다 댔다.

─아아. 이거 되는 건가.

임소우가 혼잣말로 중얼거렸다.

─혼자 말하려니까 좀 창피하네. 그, 저, 안녕?

어색하게 임소우가 인사했다.

—시간 없으니까 빨리 얘기할게. 그동안 내가 하지 못했던 이야기를 이제 하려고 해.

☆

몇 달 전 소우는 천문대를 그만두고 집 안에 있던 물건들을 모두 버렸다. 생일날 아침엔 계획대로 밀린 빨래를 하고 오랜만에 집 안 대청소를 했다.

서른이 되기 전에 삶을 정리하는 것. 인생에서 제일 오래 기다린 계획을 실현하기 위한 날이었다.

리호에게 전화가 왔던 그날 소우는 만반의 준비를 마치고 바닷가에 서 있었다.

전화기 너머 리호는 아주 슬픈 목소리로 소우에게 죽지 말라고 말했다.

그 별거 아닌 한마디에 소우는 돌아섰다. 어쩌면 소우에게는 그 한마디의 붙잡음만이 필요했던 걸지도 모른다.

처음엔 단순한 호기심이었다. 닮은 듯 다른 그 삶이 어땠는지 궁금했다. 리호의 세계 속 임소우는 어떤 면에서는 전혀 모르는 사람처럼 느껴질 만큼 달랐다. 그

차이가 단 한 명의 사람 때문이라는 것을 알았을 때 소우는 그 우주의 자신이 종종 부러워졌다.

리호를 만난 소우가 지난 7년간 얼마나 행복했을지 가늠도 되지 않았다.

그 마음을 꼭 리호에게 전하고 싶었다.

태풍이 불어오던 날 소우는 리호에게 마지막 메시지를 남겼다.

"너랑 이야기를 나누는 한 달 동안 나는 다시 살고 싶다고 느꼈어. 내가 장담하는데 임소우는 네가 너무 고마울 거야. 끝까지 자신을 믿어줘서 너무 고맙다고 할 거야. 네가 있어서 살아갈 수 있었다고 할 거야."

다음 날에도 역시나 전화는 연결되지 않았다.

"내일 밤에 네가 꼭 전화를 받았으면 좋겠어. 인사를 할 수 있으면 좋겠다."

서울로 올라가기 전 짐 정리를 모두 끝냈을 때 거짓말처럼 태풍이 지나갔다. 소우는 간절한 마음으로 통화 버튼을 눌렀다. 제발, 제발.

과연 리호는 메시지를 들었을까. 마지막으로 목소리를 들을 수 있을까. 그러면 좋겠다. 흐르는 신호음에 소우가 마른침을 삼켰다.

―응.

저 너머에서 리호가 전화를 받았다. 반가운 리호의 목소리가 들려왔다.

리호와 마지막으로 나눈 1분 남짓의 대화는,

—살아줘서 고마워.

"행복해."

—응. 그러자.

"이제 안녕."

그게 전부였다.

# 15

"국산 수박! 당도 보장합니다. 꿀맛 수박! 특별가 2만 원!"

마트 과일 코너 한편에 쌓아 올려진 수박들을 리호가 둥둥 두드렸다. 소리가 좋은 것들 중에서 색도 선명하고 배꼽이 예쁜 것으로 신중히 고르고 골랐다.

"해수욕장 앞까지도 배달해주세요?"

리호가 직원에게 물었다.

"그럼요! 5만 원 이상 사시면 해드려요!"

"아, 그럼 그냥 들고 갈게요."

리호는 결국 이 더운 날 수박을 들고 가는 것을 택했다. 한낮의 뜨거운 열기가 아직 아스팔트 위에 고스란히 남겨져 있었다. 그래, 이래야 여름이지. 수박을 잠시 내려놓고 리호는 더운 공기에 한숨을 내쉬었다. 배낭을 멘 등이 축축해지고 있었다. 리호의 손에는 핸드폰이 들려 있었다.

―생일 밥이나 먹자니까. 튕기냐?

"만삭 임산부하고는 안 놀아. 술 마실 거야."

―와, 진짜 서운하다 너.

"애 낳고 연락해. 남들 다 기저귀 사갈 때 난 널 위해 생맥주를 사가마."

1년 전, 서울로 돌아가 자리를 잡고 리호는 가장 먼저 지현을 만났다. 지현은 리호를 보자마자 안겨서 울었다. 나를 안아줘야지, 나를. 리호는 장난스레 대꾸했지만 코끝이 빨개지기는 마찬가지였다.

엄마랑은 여전히 무뚝뚝한 사이였지만, 한 달에 한 번은 만나 맛있는 식당에서 밥을 먹고 예쁜 카페에서 커피를 마셨다.

"엄마, 나 때문에 아빠 죽었다고 생각한 적 없어?"

어느 날은 불쑥 그렇게 속마음을 털어놨다.

"무슨 소리야, 그게."

"내가 연명 치료 안 하겠다고 해서……."

"미쳤다 미쳤어. 그런 생각을 하고 살다니."

엄마는 말도 안 되는 소리라며 고개를 저었다.

"너 때문에 아빠가 죽다니, 네 아빠를 네가 그만큼 살린 거지. 난 그 죄를 평생 갚아도 모자를 거다."

엄마가 속상한 표정을 지었다. 리호는 무미건조하던 그녀의 얼굴에 표정이 생긴 것이 조금은 기뻤다.

해본 적이 없어서 어색하고 좋은지도 모르겠다 하면서도 엄마는 테라스 정원에 핀 꽃을 핸드폰으로 찍어 프로필 사진을 바꾸었다. 이모와 함께 살기 시작하면서 시끄럽고 귀찮다면서도 활기를 얻는 것 같았다. 같은 식당에서 일을 하면서 휴가가 나오면 여행을 가기로 약속했다고 했다.

서울의 강아지들은 작고 부드러웠다. 오랜만에 털 뭉치를 빗질하고 있자니 새삼 직업을 잘 골랐다는 생각이 들었다. 사는 게 재밌었고 재밌으려고 애쓰는 여느 삶을 리호도 살아가고 있었다.

'휘영청'의 촌스러운 간판이 그대로라서 리호는 기분이 좋았다.

"나 왔어!"

리호는 인사하며 안으로 들어섰다. 리호의 눈에 들어온 마스터는 완전히 다른 사람이었다. 짧은 머리에 수염도 사라져버린, 처음 보는 여백 있는 얼굴의 마스터였다.

"마스터! 머리! 머리 어디 갔어!"

리호는 머리를 짧게 자른 마스터의 모습을 목격하고 충격이 가시질 않았다.

"내 목 위로 보이는 건 머리가 아니냐."

마스터는 호들갑 떨지 말라고 한마디 하며 자른 수박을 가져다주었다.

"백수가 좋았지. 나도 여기서 맨날 술을 물처럼 마시며 살던 때가 있었다, 그렇지, 마스터? 이틀 휴가도 겨우 냈어."

리호는 한숨을 푹 쉬었다.

"간이 버텨서 살아남은 걸 감사하게 생각해라."

마스터는 여전히 염세적이고 다정한 사람이었다. 헤어스타일은 달라졌지만 말투는 너무 그대로인 것이 반갑고 좋았다.

리호는 얼마 지나지 않아 얼큰하게 취한 채로 마스터와 마주 앉았다.

"매년 내 생일 파티 하러 올 거니까 어디 가면 안 돼, 마스터."

"내가 밴드 마스터였다고 전에 말했었나?"

"진짜 기타리스트였다고?"

"돈이 너무 안 돼서 몇 년 전에 그만뒀다. 그만두고 여기서 술집을 시작했는데 진짜 편하더라."

"그건 다행이네."

리호가 고개를 끄덕였다.

"다행이지. 한 달씩 먹고살 만한 돈을 버는 삶을 살면 여한이 없겠다 싶었는데, 그땐. 근데 인간은 간사해. 딱 3년 하니까 재미가 없더라. 이래서 인간은 안 돼."

평소엔 묻는 것도 잘 대답하지 않던 사람이 주절주절 이야기하는 게 어쩐지 어색했다. 리호는 잠자코 마스터의 이야기를 들었다.

"근데 아마 그거였겠지. 열몇 살 때부터 나한테 전부이던 게 사라지니까 그냥 나는 우울했던 거야. 어느 날은 진짜 죽겠어서 술을 진탕 마시고 바다에 나왔어. 그때 여기서 어떤 여자를 봤어. 파도 속에서. 너무 무섭더라. 난 수영도 못 하는데."

리호는 금세 그 여자가 자신이라는 것을 깨달았다.

"바다에 쓸려 들어가는 걸 보고 놀라서 뛰는데 그 여자가 기어서 나오는 거야. 근데 이상하지. 처음 보는 사람인데도 살아서 오니까 좋았다."

"그랬어요?"

"사람이 사는 건 좋은 거야. 죽는 것도 어쩔 수 없는 일이지만 살 수만 있으면 살아야 하는 거야. 매일 맛있는 걸 주면 안 죽을까 해서 나 매일 노력했다."

리호는 이제야 1만 5천 원짜리 술상의 진의를 이해했다.

"효과가 있었어요."

"그래, 기쁘다. 내가 그때 살아 있어서, 나 말고 누가 또 살아서. 나도 덕분에 재밌게 살았다."

잠깐의 침묵이 이어졌고 마스터는 머쓱한지 자리를 털고 일어섰다.

"생일이니까 특별히 조개탕 줄게. 만 5천 원 가지곤 택도 없이 비싼 거니까 매년 먹으러 와."

리호는 그 말에 찡해져 코끝을 찡그리며 고개를 끄떡였다.

납골당의 공기는 여전히 서늘했다. 소우 앞에는 먼저 왔다 간 누군가의 꽃이 달려 있었다. 정군인가, 아니면 얼마 전에 출소했다던 정우인가. 어쨌든 소우가 외롭지 않아 보여 리호도 마음이 조금은 놓였다. 마스터가 잘라준 수박을 꺼낸 리호는 소우를 마주 보고 앉았다.

"이번엔 씨가 너무 많아. 다른 건 몰라도 수박은 내가 진짜 잘 고르는데, 그렇지?"

리호는 이제 소우의 유골함에 대고 말할 수 있게 되었다.

"나 내년에 어디 가는 줄 알아? 내가 진짜 지구에서 제일 예쁜 데 알아놨다. 지구 무시하지 마. 나중에 누가 이기는지 보자."

리호는 키득키득대다 금세 눈이 빨개졌다. 여전히 소우가 그립지만, 소우가 바라던 모습으로 살아가기 위해 더 노력할 것이다.

"소우야, 우리 처음 만났을 때 말이야."

리호는 오래전에 전하지 못했던 말을 꺼냈다.

"그날 비상구 앞에서 내 손 잡아줘서 고마웠어. 안녕. 우리 또 만나자."

리호는 소우 앞에서 눈을 감고 소원을 빌었다.

# 에필로그

앨곤퀸 주립공원은 토론토 시내로부터 북쪽으로 차를 타고 세 시간 정도 떨어져 있었다. 처음부터 이곳을 목표로 하지 않았더라면 여행으로 캐나다를 찾은 관광객이 여기까지 오지는 않을 듯했다. 소우는 몇 달 전 예약한 캠핑장에 도착해 텐트를 쳤다.

인공 조명이 적어 조금 어두워졌을 뿐인데도 하나 둘 별이 보이기 시작했다. 진짜 한국하고는 모양이 다르네. 소우는 캐나다의 별들을 한참 올려다봤다.

밤이 깊자 주변은 더욱 조용해졌다. 사람들은 별이 잘 보이는 곳으로 카메라를 들고 모이기 시작했다.

소우도 그 틈에 껴서 별을 찍었다. 하지만 뷰파인더 안으로만 보기엔 너무 아까운 하늘이었다. 이래서 데리고 오고 싶어 했구나. 소우는 잠시 카메라를 내려놓고 맨눈으로 하늘을 올려다봤다.

잠시 감탄하다 다시 고개를 내렸다. 오늘 이곳에 온 진짜 이유는 더 중요한 것을 만나기 위해서니까. 소우가 보물찾기를 하듯 주변을 살폈다. 그리고 마침내 빠글빠글하게 파마를 한 여자의 뒷모습이 눈에 들어왔다. 어두워서 이목구비는 잘 보이지 않았지만, 목소리만큼은 선명하게 들려왔다. 한국어였다.

"저게 베타인가? 아닌가……. 저게 베타인가."

뭘 알아볼 수가 있어야지, 원. 그 익숙한 목소리에 소우는 푸핫 하고 웃고 말았다. 소우의 웃음소리에 여자가 놀라 뒤돌았다.

이렇게 생겼구나. 처음 보는 얼굴을 소우는 오랫동안 빤히 쳐다보았다.

"한국분이세요?"

리호가 물었다.

"아, 네. 근데요……."

소우가 말했다.

"저 오늘 생일이에요."

뜬금없는 말에 리호는 잠시 동그랗게 뜬 눈으로 소우를 바라보다 한가득 웃어 보였다.

"와! 신기하다! 저도요!"

리호에게 소우는 수박을 한 조각 건넸다.

"토론토 시장에서부터 사가지고 온 거예요. 이날을 위해 제가 단 수박 고르는 법을 얼마나 연습했는지 몰라요."

만나면 자연스럽게 말을 걸어야지, 수없이 시뮬레이션 해봤는데 결국 실패였다. 그곳의 리호가 알면 얼마나 비웃을까. 그 생각을 하니 웃음이 새어 나왔다. 잘 지내고 있지. 나는 덕분에 살아서 여기 도착했어.

"생일 축하해요."

## 작가의 말

평행우주에 대해 생각하다 보면 자연스레 수많은 버전의 가정을 떠올립니다. '만일' '어쩌면' 같은 말들을 더하다 보면 얼마나 많은 버전의 우주를 만들어낼 수 있을까요? 그 수많은 선택과 우연과 망설임이 모여 만들어진 지금의 우주가 신기할 따름입니다.

저에게 가장 가까운 사람들이 한 명이라도 제 인생에서 비껴갔더라면 저는 지금과는 꽤 먼 모양을 하고 있을 것 같다는 생각을 하다 그 지점이 흥미로워 이 이야기를 시작했습니다.

어떤 이야기, 어떤 장르, 어떤 캐릭터로 시작되든 결국 제 캐릭터는 제가 그를 응원하는 방식으로 결말에 도달합니다.

전 제 캐릭터들이 어떠한 일을 겪든 다시 회복을 하고 살아갈 희망을 얻기를 바랍니다. 그들이 다시 수많은 사람들이 살아가는 세상 속에 섞여 걸어갈 수 있으면 좋겠습니다. 지하철에서 횡단보도에서 스쳐 지나가는 그 누구여도 이상하지 않을 그런 사람으로요.

그런 의미에서 리호에게 다시 희망을 갖게 하는 것은 처음에는 조금 막막한 목표였습니다. 저는 사랑하는 사람을 잃은 상실감으로부터 회복하는 방법을 전혀 알고 있지 못합니다. 그런 상상을 하면 어떻게 해도 괜찮아지지 않을 것만 같은 고통과 공포감만 떠오를 뿐입니다.

그래서 살아갈 수 있게 만드는 것을 목표로 삼았습니다. 리호에게 소우의 죽음이 괜찮아질 수는 없겠지만 소우와의 시간들이 결국 또다시 리호를 살아가게 하는 힘이 되기를 바라는 마음으로 이야기를 마무리 지었습니다.

처음 '그렇게 안녕'이라는 제목을 정하고 리호와 소우가 언젠가를 기약하며 비로소 인사를 하는 것이 다시 세상으로 나오는 첫걸음이 될 수 있을 것 같다는 생각이 들어 좋았습니다.

안녕. 평안할 안과 평안할 녕. 이렇게 두 한자로

만들어진 이 말을 우리는 만날 때에도 헤어질 때에도 씁니다. 평안하고 평안하세요. 언제나 탈 없고 걱정 없길 바라는 일종의 기원 같다고 느껴지는 면도 있습니다. 특히나 이별의 안녕은 더 그런 것 같습니다. 헤어짐의 안녕은 기쁜 마음만으로 전하기는 어려우니까요.

그런 헤어짐을 해야만 할 때는 아주 길고 어려운 안녕이 되겠지만 우리 모두 결국엔 살아내길, 마침내 평안하길 바랍니다.

이 책이 마무리되는 순간까지 다정했던 김해지 편집자님, 디자이너님, 그리고 위즈덤하우스에 감사합니다.

2025년 10월

김효인

## 그렇게 안녕

**초판 1쇄 인쇄**  2025년 9월 25일
**초판 1쇄 발행**  2025년 10월 15일

**지은이**  김효인
**펴낸이**  최순영

**출판2 본부장**  박태근
**스토리 팀장**  김소연
**편집**  김해지
**디자인**  함지현

**펴낸곳**  ㈜위즈덤하우스  **출판등록**  2000년 5월 23일 제13-1071호
**주소**  서울특별시 마포구 양화로 19 합정오피스빌딩 17층
**전화**  02) 2179-5600  **홈페이지**  www.wisdomhouse.co.kr

ⓒ 김효인, 2025

**ISBN**  979-11-7171-513-8  03810

- 이 책의 전부 또는 일부 내용을 재사용하려면 반드시 사전에 저작권자와 ㈜위즈덤하우스의 동의를 받아야 합니다.
- 인쇄·제작 및 유통상의 파본 도서는 구입하신 서점에서 바꿔드립니다.
- 책값은 뒤표지에 있습니다.

- 이 책의 표지 그림은 인공지능 이미지 생성 도구를 활용해 제작되었습니다.